Eu e você

Do autor

Como Deus manda

A festa do século

Eu e você

NICCOLÒ AMMANITI

Eu e você

2ª edição

Tradução
Joana Angélica d'Avila Melo

Rio de Janeiro | 2013

Copyright © 2010, Niccolò Ammaniti

Editoração: FA Studio

Texto revisado segundo o novo
Acordo Ortográfico da Língua Portuguesa

2013
Impresso no Brasil
Printed in Brazil

Cip-Brasil. Catalogação na fonte
Sindicato Nacional dos Editores de Livros. RJ

A539e	Ammaniti, Niccolò, 1966-
2ª ed.	Eu e você / Niccolò Ammaniti; tradução Joana Angélica d'Avila Melo – 2ª ed. — Rio de Janeiro: Bertrand Brasil, 2013.
	160p.: 23 cm
	Tradução de: Io e te
	ISBN 978-85-286-1608-8
	1. Romance italiano. I. Melo, Joana Angélica d'Avila, 1941-. II. Título.
	CDD: 853
12-5213	CDU: 821.131.1-3

Todos os direitos reservados pela:
EDITORA BERTRAND BRASIL LTDA.
Rua Argentina, 171 — 2º andar — São Cristóvão
20921-380 — Rio de Janeiro — RJ
Tel.: (0xx21) 2585-2070 — Fax: (0xx21) 2585-2087

Não é permitida a reprodução total ou parcial desta obra, por
quaisquer meios, sem a prévia autorização por escrito da Editora.

Atendimento e venda direta ao leitor:
mdireto@record.com.br ou (0xx21) 2585-2002

E este é para minha mãe e meu pai

Na verdadeira noite escura da alma, são sempre três da madrugada.

FRANCIS SCOTT FITZGERALD, *A era do jazz*

But can you save me?
Come on and save me
If you could save me
From the ranks of the freaks
Who suspect they could never love anyone.

AIMEE MANN, *Save Me*

O mimetismo batesiano se verifica quando uma espécie animal inócua, aproveitando sua semelhança com uma espécie tóxica ou venenosa que vive no mesmo território, consegue imitar a cor e os comportamentos dessa última. Assim, na mente dos predadores, a espécie imitadora é associada à perigosa, o que aumenta suas possibilidades de sobrevivência.

Cividale del Friuli
12 de janeiro de 2010

— *Café?*

Uma garçonete me perscruta por cima dos óculos. Na mão, traz uma garrafa térmica prateada.

Estendo-lhe a xícara. — *Obrigado.*

Ela a enche até a borda. — *Veio para a feira?*

Aceno que não com a cabeça. — *Que feira?*

Ela me observa. Espera que eu diga por que razão me encontro em Cividale del Friuli. Por fim, puxa um bloquinho. — *Qual é o seu quarto?*

Mostro a chave. — *Cento e dezenove.*

Ela anota o número. — *Se quiser mais café, o senhor mesmo pode se servir no bufê.*

— *Obrigado.*

— *De nada.*

Assim que ela se afasta, puxo da carteira um bilhete dobrado em quatro. Abro-o sobre a mesa.

Fora escrito por minha irmã, Olivia, dez anos atrás, em vinte e quatro de fevereiro de dois mil.

*Eu tinha quatorze anos e ela, **vinte e três**.*

Roma
Dez anos antes

I.

Em dezoito de fevereiro de dois mil, fui para a cama cedo e adormeci logo, mas, durante a noite, acordei e não consegui mais pegar no sono.

Às seis e dez, com o edredom puxado até o queixo, eu respirava de boca aberta.

A casa estava silenciosa. Os únicos ruídos que se ouviam eram a chuva batendo contra a janela, minha mãe caminhando no andar de cima, entre o quarto e o banheiro, e o ar que entrava e saía pela minha traqueia.

Dali a pouco, ela viria me acordar para me levar ao encontro com os outros.

Acendi o abajur em forma de grilo apoiado sobre a mesa de cabeceira. A luz verde pintou um pedaço do quarto onde estavam pousados a mochila cheia de roupas, a jaqueta acolchoada, os esquis e a sacola com as botas.

Entre os treze e os quatorze anos, eu havia crescido de repente, como se tivessem me dado adubo, e fiquei mais alto que as pessoas da minha idade. Minha mãe dizia que dois cavalos de tração tinham me esticado. Eu passava um tempão ao espelho, observando minha pele branca manchada de sardas, os pelos nas pernas. Na cabeça, me crescia um tufo castanho do qual despontavam as orelhas. Os traços do rosto haviam sido remodelados pela puberdade, e um nariz imponente me separava os olhos verdes.

Levantei-me e meti a mão no bolso da mochila encostada à porta.

— O canivete está aqui. A lanterna também. Tudo certo — disse a mim mesmo, em voz baixa.

Passos de minha mãe no corredor. Ela devia estar com os sapatos azuis de salto alto.

Joguei-me na cama, apaguei a luz e fingi dormir.

— Lorenzo, acorde. É tarde.

Ergui do travesseiro a cabeça e esfreguei os olhos.

Minha mãe levantou a persiana. — Que dia horrível... Tomara que em Cortina esteja melhor.

A luz débil do amanhecer desenhava sua silhueta delgada. Ela estava usando a saia e o blazer cinza que vestia quando ia fazer coisas importantes. O suéter de gola rulê. As pérolas. E os sapatos azuis de salto alto.

— Bom-dia — bocejei, como se acabasse de acordar.

Ela se sentou na beira da cama. — Dormiu bem, meu amor?

— Dormi.

— Vou preparar seu café da manhã... Enquanto isso, vá tomando banho.

— E Nihal?

Minha mãe me penteou os cabelos com os dedos. — A essa hora, está dormindo. Ele lhe deu as camisetas passadas a ferro?

Acenei que sim com a cabeça.

— Levante-se, vamos.

Eu gostaria, mas um peso no peito me sufocava.

— O que foi?

Segurei a mão dela. — Você gosta de mim?

Ela sorriu. — Claro que sim. — Ficou de pé, olhou-se no espelho ao lado da porta e alisou a saia. — Levante-se de uma vez. Até hoje vou ter que implorar para você sair da cama?

— Um beijo.

Minha mãe se inclinou sobre mim. — Afinal, você não está partindo para o serviço militar, mas para a semana branca.*

---

* *Settimana bianca*: período do inverno em que se vai esquiar em uma localidade de montanha. (N. T.)

Abracei-a, meti o rosto entre os cabelos louros que lhe caíam sobre o rosto e encostei o nariz em seu pescoço.

Seu perfume era bom. Fazia-me pensar no Marrocos. Em certos becos estreitos, cheios de barracas que vendiam uns pós coloridos. Mas eu nunca havia ido ao Marrocos.

— Que perfume é esse?

— Sabonete de sândalo. O de sempre.

— Pode me emprestar?

Ela ergueu uma sobrancelha. — Por quê?

— Assim, eu tomo banho com ele e fico com o seu cheiro.

Ela me arrancou as cobertas. — Que novidade é essa agora? Vamos, não seja bobo, você nem vai ter tempo de pensar em mim.

Pela janela do BMW, eu observava o muro do zoológico coberto de panfletos eleitorais molhados. Mais para cima, dentro do viveiro das aves de rapina, um abutre se equilibrava em um galho seco. Parecia uma velha vestida de luto, dormindo sob a chuva.

O aquecimento do carro me tirava o ar, e os biscoitos haviam parado no fundo da garganta.

A chuva estava diminuindo. Um casal, ele gordo e ela magra, fazia ginástica nos degraus cobertos de folhas podres do museu de arte moderna.

Olhei para minha mãe.

— O que foi? — disse ela, sem desviar os olhos do caminho.

Inflei o tórax, tentando imitar a voz grossa de meu pai: — Arianna, você devia mandar lavar este carro. É um chiqueiro sobre quatro rodas.

Ela não riu. — Você se despediu de seu pai?

— Sim.

— O que ele lhe disse?

— Para não fazer besteira e não esquiar como um louco. — Fiz uma pausa. — E que eu não devo ligar para você a cada cinco minutos.

— Ele falou isso?

— Sim.

Ela mudou de marcha e dobrou na Flaminia. A cidade começava a se encher de carros. — Me ligue quando quiser. Pegou tudo? A música? O celular?

— Sim.

O céu cinza pesava sobre os tetos e entre as antenas.

— Pegou a bolsinha com os remédios? Colocou dentro o termômetro?

— Sim.

Um rapaz em uma Vespa ria, com o celular metido embaixo do capacete.

— E o dinheiro?

— Sim.

Atravessamos a ponte sobre o Tibre.

— O resto acho que conferimos juntos ontem à noite. Está tudo na bagagem.

— Sim, tudo.

Estávamos parados no sinal. Uma mulher em um Fiat 500 olhava direto à sua frente. Na calçada, um velho se arrastava atrás de dois labradores. Uma gaivota se empoleirava no esqueleto de uma árvore coberta de sacos plásticos que despontava da água cor de lama.

Se Deus aparecesse e me perguntasse se eu queria ser aquela gaivota, eu responderia que sim.

Soltei o cinto de segurança. — Me deixe aqui mesmo.

Minha mãe me olhou como se não tivesse entendido. — Aqui como?

— Isso mesmo. Aqui.

O sinal ficou verde.

— Pare, por favor.

Ela, porém, continuou dirigindo. Por sorte, havia um caminhão de lixo que nos obrigava a ir devagar.

— Mãe! Pare.

— Coloque o cinto de novo.

— Estou pedindo, pare.

— Mas por quê?

— Quero chegar sozinho ao encontro.

— Não entendi...

Levantei a voz. — Pare, por favor.

Minha mãe encostou, desligou o carro e puxou os cabelos para trás com a mão. — O que foi agora? Lorenzo, por favor, não vamos começar... Você sabe que a esta hora eu ainda estou meio desligada.

— É que... — Apertei os punhos. — Todos os outros vão sozinhos. Não posso chegar lá com você. Seria um vexame.

— Bom, me explique... — Esfregou os olhos. — Então, devo deixar você aqui?

— Sim.

— E nem agradeço aos pais de Alessia?

Dei de ombros. — Não é preciso. Eu mesmo digo a eles.

— Nem pensar. — E virou a chave.

Eu me joguei em cima dela. — Não... Não... Por favor.

Ela me empurrou. — Por favor o quê?

— Me deixe ir sozinho. Não posso chegar lá com a minha mãe. Eles vão rir da minha cara.

— Mas que bobagem... Preciso saber se está tudo bem, se devo fazer algo. Acho que isso é o mínimo. Não sou bicho do mato como você.

— Não sou bicho do mato. Sou como todos os outros. Ela ligou a seta. — Não. Não dá.

Eu não tinha calculado que minha mãe achava tão importante me levar.

A raiva começava a crescer. Comecei a dar socos nas pernas.

— E agora, o que é?

— Nada. — Apertei a maçaneta da porta até os nós dos dedos ficarem brancos. Seria capaz de arrancar o retrovisor e quebrar o vidro da janela.

— Por que isso de bancar o garotinho?

— É você quem me trata como se eu fosse um... babaca.

Ela me fulminou. — Não diga palavrões. Você sabe que não suporto isso. E não é preciso fazer essas cenas.

Dei um soco no painel. — Mãe, eu quero ir sozinho, que merda. — A raiva me apertava a garganta. — Tudo bem. Então, não vou. Assim você fica satisfeita.

EU E VOCÊ

— Olhe que estou me irritando a sério, Lorenzo.

Eu tinha uma última carta na manga. — Todos disseram que iriam sozinhos ao encontro. Já eu sou sempre aquele que chega com a mamãezinha. É por isso que tenho problemas...

— Não vá agora me fazer passar por aquela que lhe cria problemas.

— Papai disse que eu devo ser independente. Que devo ter a minha vida. Que preciso me desligar de você.

Minha mãe cerrou os olhos e apertou os lábios finos, como para se impedir de falar. Virou-se e olhou os carros que passavam.

— É a primeira vez que eles me convidam... O que vão pensar de mim? — continuei.

Ela olhou ao redor, como se esperasse que alguém lhe dissesse o que fazer.

Apertei sua mão. — Mãe, fique tranquila...

Ela balançou a cabeça: — Não. Não estou nem um pouco tranquila.

Com o braço em torno dos esquis, a sacola das botas na mão e a mochila nas costas, vi minha mãe fazer o retorno. Acenei para ela e esperei o BMW desaparecer na ponte.

Então, me encaminhei pela avenida Mazzini. Passei pelo prédio da RAI.* A uns cem metros da rua Col di Lana, andei mais devagar enquanto meu coração se acelerava. Sentia a boca amarga como se tivesse lambido um fio de cobre. Toda aquela tralha nas costas me atrapalhava. E, metido na jaqueta acolchoada, era como se eu estivesse em uma sauna.

Quando cheguei ao cruzamento, projetei a cabeça além da esquina.

Ao fundo, diante de uma igreja moderna, havia um enorme utilitário Mercedes. Vi Alessia Roncato, a mãe dela, o Sumério, Oscar Tommasi, todos colocando as malas no bagageiro. Um Volvo com um par de esquis no teto parou ao lado do utilitário e dele saiu Riccardo Dobosz, que correu em direção aos outros. Pouco depois, saiu também o pai de Dobosz.

Recuei e me encostei à parede. Pousei no chão os esquis, abri a jaqueta e espiei de novo.

Agora, a mãe de Alessia e o pai de Dobosz estavam olhando os esquis sobre o teto do Mercedes. O Sumério

---

* Radiotelevisione Italiana: empresa estatal de comunicação italiana responsável por transmissões de rádio e televisão de alcance nacional. (N. T.)

saltitava e fingia dar socos em Dobosz. Alessia e Oscar Tommasi falavam ao celular.

Levaram um tempão para se preparar, a mãe de Alessia se enfurecia com a filha, que não a ajudava, o Sumério subiu no teto do utilitário para conferir os esquis.

Por fim, partiram.

Durante o trajeto de bonde, eu me sentia um idiota. Com os esquis e as botas, esmagado entre trabalhadores de paletó e gravata, mães e garotos que iam para a escola.

Se fechasse os olhos, era como se eu estivesse no teleférico. Entre Alessia, Oscar Tommasi, Dobosz e o Sumério. Podia sentir o cheiro da manteiga de cacau, do bronzeador. Desceríamos da cabine nos empurrando e rindo, falando alto e não dando a mínima para as outras pessoas, como aqueles que minha mãe e meu pai chamavam de bichos do mato. Eu poderia dizer coisas engraçadas e fazê-los rir enquanto calçavam os esquis. Fazer imitações, contar piadas. Em público, nunca me ocorriam piadas divertidas. É preciso estar muito seguro para fazer piadas em público.

— Sem humor, a vida é triste — falei.

— Santas palavras — respondeu uma senhora a meu lado.

Isso do humor tinha sido meu pai quem havia falado, depois de meu primo Vittorio jogar merda de vaca em cima de mim durante um passeio no campo. De raiva, eu tinha apanhado uma pedra enorme e jogado contra uma árvore, enquanto aquele retardado rolava no chão, às gargalhadas. Até meu pai e minha mãe tinham achado graça.

Coloquei os esquis nas costas e desembarquei do bonde.

Olhei o relógio. Sete e cinquenta.

Cedo demais para voltar. Certamente eu encontraria meu pai saindo para o trabalho.

Então me dirigi à Villa Borghese, ao vale ao lado do zoológico, onde os cachorros podem correr em liberdade. Sentei-me em um banco, puxei da mochila uma garrafinha de Coca-Cola e tomei um gole.

O celular começou a tocar em meu bolso.

Esperei um instante até atender. — Oi, mãe...

— Tudo bem?

— Sim.

— Já partiram?

— Sim.

— Tem muito trânsito?

Um dálmata fez xixi na minha frente. — Um pouco...

— Passe o telefone para a mãe de Alessia?

Baixei a voz. — Ela não pode. Está dirigindo.

— Então nos falamos esta noite, assim eu poderei agradecer.

O dálmata começou a latir para a dona porque queria que ela lhe lançasse um bastão.

Cobri o fone com a mão e corri para a rua.

— Tudo bem.

— Até mais tarde.

— Tudo bem, mãe, até mais tarde... Mas onde você está? Fazendo o quê?

— Nada. Estou na cama. Quero dormir mais um pouco.

— E quando vai sair?

— Mais tarde, vou ver sua avó.

— E papai?

— Acabou de sair.

— Ah... bom. Então, tchau.

— Tchau.

Perfeito.

Lá estava o Cercopiteco, varrendo as folhas do pátio.

Assim eu chamava Franchino, o porteiro de meu prédio. Ele era igualzinho àquele macaco que vive no Congo. Tinha uma cabeça redonda coberta por uma faixa de pelos prateados que lhe coroava a nuca, passava por cima das orelhas e descia ao longo da mandíbula para se reunir no queixo. Uma única sobrancelha escura lhe atravessava a testa. Até seu caminhar era particular. Ele avançava meio corcunda, com os longos braços dependurados, as palmas das mãos viradas para a frente e a cabeça balançando.

Era de Soverato, na Calábria, onde vivia sua família. Mas trabalhava desde sempre em nosso prédio. Eu simpatizava com ele. Minha mãe e meu pai não o suportavam porque o achavam muito abusado.

Naquele momento, o problema era entrar no prédio sem que ele me visse.

Franchino era lentíssimo e, quando começava a varrer o pátio, não acabava mais.

Escondido atrás de um caminhão estacionado do outro lado da rua, puxei o celular e teclei o número da casa dele.

O telefone no semissubsolo começou a tocar. O Cercopiteco levou um tempão para ouvir. Finalmente largou a vassoura e se encaminhou para a guarita, com seu passo gingado, e eu o vi desaparecer na escada que levava ao seu apartamento.

Peguei esqui e botas e atravessei a rua. Por pouco não fui parar embaixo de um Ford Ka, que começou a buzinar. Atrás, os outros carros frearam, com os motoristas me gritando insultos.

Apertando os dentes, com os esquis escorregando das mãos e a mochila me rasgando os ombros, desliguei o celular e transpus o portão. Passei ao lado da fonte coberta de musgo onde viviam peixinhos vermelhos e do gramado à inglesa com bancos de mármore nos quais não era permitido sentar. O carro de minha mãe estava estacionado junto da marquise do portão, embaixo da palmeira que ela fizera ficar curada do escaravelho vermelho, o parasita das palmeiras.

Rezando para não topar com ninguém saindo do prédio, me meti no vestíbulo e corri pela passadeira vermelha, ultrapassei o elevador e me joguei pelos degraus que levavam ao porão.

Quando cheguei lá embaixo, estava sem fôlego. Apalpando a parede, achei o interruptor. Duas compridas lâmpadas fluorescentes se acenderam, iluminando um corredor estreito e sem janelas. De um lado corria o encanamento de água, do outro havia portas fechadas. Em frente à terceira porta, meti a mão no bolso, puxei uma longa chave e girei-a na fechadura.

A porta se escancarou sobre um grande aposento retangular. No alto, duas janelinhas cobertas de poeira deixavam passar uma nesga de luz que caía sobre móveis cobertos por panos, caixas de papelão cheias de livros, panelas e roupas, sobre esquadrias bichadas, mesas e portas de madeira, sobre lavatórios incrustados de calcário e pilhas de cadeiras empalhadas. Em qualquer ponto para que eu olhasse, havia tralhas amontoadas. Um sofá de flores azuis. Uma pilha de colchonetes cobertos de mofo. Uma coleção de *Seleções* roída por traças. Discos velhos. Abajures com a cúpula torta. Uma cabeceira de ferro batido. Tapetes enrolados em jornais. Um grande buldogue de cerâmica com uma pata quebrada.

Uma casa dos anos 1950 apinhada em um porão.

Mas, a um canto, havia um colchão com lençóis e um travesseiro. Sobre uma mesinha, arrumadas em ordem, dez latinhas de carne Simmenthal, vinte de atum, três embalagens de pão de fôrma, seis potinhos de conservas em azeite, doze garrafas de água mineral Ferrarelle, sucos de fruta e Coca-Cola, um pote de Nutella, duas bisnagas de maionese, biscoitos, lanchinhos e dois tabletes de chocolate ao leite. Pousados sobre um caixote, um pequeno televisor, o PlayStation, três romances de Stephen King e algumas revistinhas Marvel.

Fechei a porta.

Aquela seria a minha semana branca.

2.

Comecei a falar aos três anos, e conversar nunca foi o meu forte. Se um estranho me dirigia a palavra, eu respondia sim, não, não sei. E, quando ele insistia, eu dizia o que ele queria ouvir.

As coisas, uma vez pensadas, que necessidade têm de ser ditas?

"Lorenzo, você é como as plantas suculentas, cresce sem incomodar, bastam uma gota-d'água e um pouco de luz", comentava uma velha babá de Caserta.

Para me fazer brincar, meus pais chamavam moças *au pair*. Mas eu preferia brincar sozinho. Fechava a porta e imaginava que meu quarto era um cubo que vagava pelo espaço solitário.

Os problemas surgiram durante o primeiro segmento do ensino fundamental.

Tenho poucas lembranças daquele período. Recordo o nome das minhas professoras, os oleandros no pátio, as bandejas prateadas cheias de macarrão fumegante no refeitório. E os outros.

Os outros eram todos os que não eram minha mãe, meu pai e vovó Laura.

Se os outros não me deixavam em paz, se ficavam muito em cima de mim, um fluido vermelho me subia pelas pernas, me inundava o estômago e se irradiava até a ponta dos dedos das mãos, então eu fechava os punhos e reagia.

Quando empurrei Giampaolo Tinari do alto da mureta e ele caiu de cabeça no cimento e lhe deram uns pontos na testa, telefonaram para a minha casa.

Na sala dos mestres, a professora dizia à minha mãe:

— Ele parece alguém que fica na estação esperando o trem que o leve de volta para casa. Não incomoda ninguém, mas, se algum colega o aborrece, grita, fica vermelho de raiva e joga longe o que estiver ao seu alcance.

— A professora havia olhado para o chão, embaraçada.

— Às vezes, dá até medo. Não sei... Eu aconselharia a senhora a...

Minha mãe me levou ao professor Masburger. — Você vai ver. Ele ajuda um monte de crianças.

— Mas quanto tempo vou ter que ficar lá?

— Quarenta e cinco minutos. Duas vezes por semana. Concorda?

— Sim. Não é muito — respondi.

Se minha mãe achava que assim eu me tornaria alguém como os outros, por mim tudo bem. Todos deviam pensar, minha mãe inclusive, que eu era normal.

Nihal me acompanhava. Uma secretária gorda, cheirando a caramelo, me fazia entrar em uma sala de teto baixo com ranço de umidade. A janela dava para um muro cinzento. Das paredes cor de avelã pendiam velhas fotos de Roma em preto e branco.

— Mas é para cá que mandam todos que têm problemas? — perguntei ao professor Masburger, enquanto ele me apontava um divã estofado com um tecido de brocado descolorido, para que eu me deitasse.

— Claro. Todos. Assim, você pode falar melhor.

Perfeito. Eu fingiria ser um menino normal com problemas. Para tapeá-lo não seria preciso muito. Eu sabia exatamente como os outros pensavam, do que gostavam e o que desejavam. E, se o que eu sabia não bastasse, aquele divã sobre o qual eu me deitava me transmitiria, como um corpo quente que transmite calor a um corpo frio, os pensamentos das crianças que haviam se deitado ali antes de mim.

E, assim, eu contava a ele sobre outro Lorenzo. Um Lorenzo que sentia vergonha de falar com os outros, mas que queria ser como os outros. Eu gostava de fingir que amava os outros.

Poucas semanas depois do início da terapia, escutei meus pais conversando baixinho na sala. Fui para o escritório. Tirei uns volumes da estante e encostei o ouvido à parede.

— Afinal, o que ele tem? — perguntava papai.

— O doutor disse que ele tem um distúrbio narcísico.

— Como assim?

— Diz que Lorenzo é incapaz de sentir empatia pelos outros. Para ele, tudo que está fora do seu círculo afetivo não existe, não lhe suscita nada. Acredita que é especial e que apenas pessoas especiais como ele podem compreendê-lo.

— Quer saber o que eu acho? Que esse Masburger é um tremendo idiota. Nunca vi um menino mais afetuoso que nosso filho.

— É verdade, mas somente conosco, Francesco. Lorenzo pensa que nós somos pessoas especiais e considera todas as outras inferiores ao nível dele.

EU E VOCÊ   39

— É um esnobe, então? É isso que o professor está dizendo?

— Ele disse que Lorenzo tem um ego grandioso.

Meu pai caiu na risada. — Ainda bem. Imagine se tivesse um ego mirrado. Chega, vamos tirá-lo das mãos desse despreparado antes que ele bagunce para valer o cérebro do nosso filho. Lorenzo é um menino normal.

— Lorenzo é um menino normal — repeti.

Aos pouquinhos, fui compreendendo como me comportar na escola. Devia me manter à parte, mas não demais, do contrário me notavam.

Eu me misturava como uma sardinha em um cardume de sardinhas, me mimetizava como um bicho-pau entre ramos secos. E aprendi a controlar a raiva. Descobri ter um reservatório no estômago e, quando ele se enchia, eu o esvaziava pelos pés, e a raiva acabava no chão e penetrava as vísceras do mundo e se consumia no fogo eterno.

Agora, ninguém me enchia mais o saco.

No segundo segmento do ensino fundamental, fui mandado para o St. Joseph, um colégio inglês povoado por filhos de diplomatas, de artistas estrangeiros apaixonados pela Itália, de *managers* americanos e de italianos abastados que podiam se permitir a mensalidade. Ali, estavam todos deslocados. Falavam línguas diferentes e pareciam em trânsito. As garotas ficavam na delas, e os garotos jogavam futebol em um enorme gramado em frente à escola. Para mim, estava tudo bem.

Mas meus pais não estavam contentes. Eu devia ter amigos.

O futebol era um jogo cretino, todo mundo correndo atrás de uma bola, mas era disso que os outros gostavam. Se eu aprendesse aquele jogo, estava feito. Teria amigos.

Criei coragem e me coloquei no gol, onde ninguém jamais queria ficar, e descobri que afinal não era assim tão repulsivo defendê-lo dos ataques inimigos. Havia um tal de Angelo Stangoni que, quando pegava a bola, ninguém mais conseguia tomá-la. Chegava como um raio diante da meta e dava chutes fortíssimos. Um dia, foi derrubado com um chute. Pênalti. Eu me planto no centro do gol. Ele toma impulso.

Não sou um homem, digo a mim mesmo, sou um Gnuzzo, um animal feíssimo e extremamente ágil produzido em um laboratório úmbrio, que tem apenas uma tarefa na vida e depois pode morrer tranquilo. Defender a Terra de um meteorito mortal.

EU E VOCÊ   41

E, assim, Stangoni chutou forte, reto, à minha direita, e eu voei, como somente um Gnuzzo sabe fazer, e estendi os braços, e a bola estava ali, entre minhas mãos, e impedi o gol.

Recordo que meus companheiros me abraçavam, e era ótimo, porque pensavam que eu era um deles.

Então, me colocaram no time. Agora eu tinha colegas que ligavam para minha casa. Minha mãe atendia e ficava feliz por poder dizer: "Lorenzo, é para você."

Eu dizia que ia à casa dos amigos, mas, na realidade, me escondia na de vovó Laura. Ela morava em uma cobertura, perto de nosso apartamento, com Pericle, um velho bassê, e Olga, a acompanhante russa. Passávamos as tardes jogando canastra. Ela bebia Bloody Mary e eu, suco de tomate com sal e pimenta. Tínhamos feito um pacto: ela me dava cobertura com a história dos amigos, e eu não dizia nada sobre os Bloody Mary.

Mas o segundo segmento do fundamental acabou depressa, e meu pai me chamou no escritório, me mandou sentar em uma poltrona e disse: — Lorenzo, acho que é hora de você ir para um liceu* público. Chega dessas

---

* O *liceo* italiano corresponde, aproximadamente, a nosso ensino médio, antigo segundo grau. Dura cinco anos, e o aluno pode optar entre o *liceo scientifico* e o *liceo classico*. (N. T.)

escolas particulares de filhinhos de papai. Me diga, você gosta mais de matemática ou de história?

Dei uma olhada para todos os livrões dele, dispostos em ordem na estante, sobre os antigos egípcios, sobre os babilônios. — De história.

Ele me deu um tapinha satisfeito. — Ótimo, meu camarada, temos os mesmos gostos. Você vai ver, vai gostar do liceu clássico.

Quando, no primeiro dia de aula, cheguei diante do liceu público, por pouco não desmaiei.

Aquilo era o inferno na terra. Havia centenas de jovens. Parecia que eu estava na entrada de um concerto. Alguns eram muito mais velhos que eu. Tinham até barba. As moças, seios. Todos de scooter, de skate. Alguns corriam. Outros riam. Outros gritavam. Outros entravam e saíam do bar. Um deles escalou uma árvore, pendurou a mochila de uma garota em um galho, e ela jogava pedras nele.

A ansiedade me tirava o fôlego. Encostei-me em um muro coberto de grafites e pichações.

Por que eu devia ir à escola? Por que o mundo funcionava assim? A gente nasce, frequenta a escola, trabalha e morre. Quem tinha decidido que esse era o jeito certo? Não se podia viver de maneira diferente? Como os homens primitivos? Como a minha avó Laura, que, quando criança, havia estudado em casa, eram os professores que iam até lá. Por que eu não podia fazer o mesmo? Por que não me deixavam em paz? Por que eu devia ser igual aos outros? Por que não podia viver por conta própria em uma floresta canadense?

— Não sou como eles. Tenho um ego grandioso — sussurrei, enquanto três brutamontes de braços dados me empurravam como se eu fosse um pino de boliche: — Desapareça, micróbio.

Atordoado, vi minhas pernas, rígidas como troncos, me levarem até a sala. Sentei-me na penúltima carteira, junto à janela, e tentei permanecer invisível.

Mas descobri que, naquele planeta hostil, a técnica mimética não funcionava. Naquela escola, os predadores eram muito mais evoluídos e agressivos, e se movimentavam em bando. Qualquer inação, qualquer comportamento anômalo, era imediatamente notado e punido.

Caíram em cima de mim. Riam de mim pelo jeito como eu me vestia, ou porque eu não falava. E depois me atacaram a golpes de apagador.

Eu implorava a meus pais que me transferissem de escola, uma para desajustados ou surdos-mudos seria perfeita. Inventava todas as desculpas para ficar em casa. Não estudava mais. Na aula, passava o tempo contando os minutos que faltavam para sair daquela prisão.

Certa manhã, eu estava em casa por conta de uma dor de cabeça fingida quando vi na televisão um documentário sobre os insetos imitadores.

Em algum lugar, nos trópicos, vive uma mosca que imita as vespas. Tem quatro asas, como todas as de sua espécie, mas mantém uma sobre a outra, e assim parecem apenas duas. Tem listras amarelas e pretas no abdome, antenas, olhos protuberantes e até um ferrão de mentira. Não faz nada, é boazinha. Mas, vestida como uma vespa, é temida pelas aves, pelas lagartixas, até pelos seres humanos. Pode entrar tranquilamente nos vespeiros, um dos lugares mais perigosos e vigiados do mundo, e ninguém a reconhece.

Eu tinha errado tudo.

Era isso que eu devia fazer.

Imitar os mais perigosos.

Passei a usar as mesmas coisas que os outros usavam. Tênis Adidas, jeans esburacados, moletom preto com capuz. Acabei com o repartido no cabelo e deixei-o crescer. Também queria um brinquinho, mas minha mãe me proibiu. Em compensação, no Natal, ganhei uma scooter. Do tipo mais comum.

Eu caminhava como eles. De pernas abertas. Jogava a mochila no chão e a enchia de chutes.

Imitava-os com discrição. De imitação a caricatura basta um passo.

Durante as aulas, ficava quieto na carteira, fingindo escutar, mas, na verdade, pensava em minhas coisas, inventava histórias de ficção científica. Frequentava inclusive a ginástica, ria das piadas dos outros, dirigia gracinhas idiotas às garotas. Algumas vezes, até respondi mal aos professores. E entreguei em branco a tarefa de classe.

A mosca havia conseguido tapear todo mundo, perfeitamente integrada na sociedade das vespas. Achavam que eu era um deles. Na medida certa.

Quando eu voltava para casa, contava a meus pais que, na escola, todos diziam que eu era simpático e inventava histórias divertidas que teriam me acontecido.

Só que, quanto mais eu encenava essa farsa, mais me sentia diferente. O sulco que me separava dos outros ia ficando mais profundo. Sozinho, eu era feliz; com os outros, tinha que representar.

Às vezes, isso me amedrontava. Eu teria que os imitar pelo resto da vida?

Era como se, dentro de mim, a mosca me dissesse as coisas verdadeiras. Ela me explicava que os amigos levam um segundo para se esquecerem da gente, que as garotas são maldosas e nos ridicularizam, que o mundo fora de casa é apenas competição, prepotência e violência.

Uma noite, tive um pesadelo do qual acordei gritando. Eu descobria que a camiseta e os jeans eram a minha pele e os Adidas, meus pés. E, por baixo da jaqueta dura como um exoesqueleto, se agitavam cem patinhas de inseto.

Tudo correu mais ou menos bem até quando, certa manhã, desejei por um instante não ser mais uma mosca disfarçada de vespa, mas uma vespa de verdade.

Durante o recreio, eu costumava vagar pelos corredores lotados de alunos como se tivesse algo a fazer, assim ninguém desconfiava. Depois, pouco antes de a campainha tocar, voltava para a minha carteira e comia a pizza branca com presunto, a mesma que todos compravam do inspetor. Na sala, havia a costumeira batalha

EU E VOCÊ

de apagador. Duas fileiras que se defrontavam, atirando-o uma contra a outra. Se me atingissem, eu reagiria tentando, se possível, não acertar ninguém, para não provocar represálias.

Atrás de mim estava sentada Alessia Roncato. Ela e Oscar Tommasi conversavam baixinho e escreviam uma lista de nomes em um papel.

O que era aquela lista?

Não era da minha conta, não mesmo, mas aquela maldita curiosidade, que, de vez em quando, aparecia sem razão, me levou a recuar minha cadeira para tentar ouvir algo.

— Mas você acha que vão deixá-lo ir? — estava dizendo Oscar Tommasi.

— Se minha mãe pedir — respondeu Alessia Roncato.

— E podemos ir todos?

— Claro, é grande... — Alguém começou a gritar e não consegui escutar mais nada.

Provavelmente, estavam decidindo quem convidar para uma festa.

Na saída, coloquei os fones de ouvido, mas não liguei a música. Alessia Roncato e Oscar Tommasi formavam um grupinho, junto ao muro da escola, com o Sumério e Riccardo Dobosz. Estavam todos excitados. O Sumério fingia esquiar. Dobrava-se todo, como se fizesse *slalom*. Dobosz pulou nas costas dele e fingiu esganá-lo. Não dava para eu saber o que Alessia estava dizendo a Oscar Tommasi. Mas os olhos dela brilhavam ao observar o Sumério e Dobosz.

Eu me aproximei a poucos metros da turminha e, por fim, foi fácil compreender.

Alessia os convidara para sua casa em Cortina, para a semana branca.

Aqueles quatro eram diferentes dos outros. Ficavam somente na deles e via-se que eram unha e carne. Pareciam ter a seu redor uma bolha invisível na qual ninguém podia entrar, a não ser que eles permitissem.

Alessia Roncato era a líder e a garota mais bonita da escola. Mas não bancava a boazinha, não procurava se parecer com ninguém, era ela mesma, e pronto.

Oscar Tommasi era supermagro e se movia como uma mulher. Bastava-lhe abrir a boca e todos riam.

Riccardo Dobosz era silencioso e sempre carrancudo como um samurai.

EU E VOCÊ

O que mais me agradava, porém, era o Sumério. Eu não sabia por que o chamavam assim. Tinha uma moto de cross e era excelente em todos os esportes, e diziam que, no rúgbi, seria um campeão. Parrudo como uma geladeira, mãos que pareciam de chimpanzé, cabelos escovados, nariz achatado. Eu achava que o Sumério, se desse um soco em um cão alano, podia até destroncá-lo na hora. Estava na penúltima série do liceu, mas nunca sacaneava os menores. Para ele, os garotos das turmas inferiores eram meio como os ácaros dos colchões. Existem, mas a gente não os vê.

Eles eram o Quarteto Fantástico e eu, o Surfista Prateado.

O Sumério subiu na scooter, carregou Alessia, que o abraçou como se tivesse medo de perdê-lo, e os dois partiram cantando pneu. Os outros alunos, aos poucos, também voltaram para casa, esvaziando a rua. A loja de discos e a de eletrodomésticos haviam abaixado os portões para o intervalo do almoço.

Apenas eu tinha ficado.

Devia ir para casa, dali a dez minutos minha mãe, não me vendo, me ligaria. Desliguei o celular. Olhei fixamente os grafites feitos com spray, até que se desfocaram. Manchas de cor sobre o muro de um prédio.

Se Alessia também tivesse me convidado, eles veriam como eu esquiava bem. Até lhes mostraria umas pistas alternativas secretas.

Eu ia a Cortina desde pequeno. Conhecia todas as pistas e sabia um monte de alternativas. Minha preferida partia do monte Cristallo e chegava até o centro do vilarejo. Passava-se pelo bosque, havia saltos incríveis, e uma vez eu tinha até visto duas camurças atrás de uma casa. Depois, poderíamos ir ao cinema e tomar um chocolate quente no Lovat.

Eu tinha muitas coisas em comum com eles. O fato de Alessia ter uma casa em Cortina não podia ser uma simples coincidência. Depois compreendi. Eles também eram moscas que fingiam ser vespas. Só que eram muito melhores que eu em imitar os outros. Se eu também fosse a Cortina, compreenderiam que era igual a eles.

Quando voltei para casa, minha mãe estava ensinando a Nihal a receita de ossobuco. Sentei-me, abri e fechei a gaveta dos talheres, e disse: — Alessia Roncato me convidou para esquiar em Cortina.

Minha mãe me olhou como se eu tivesse dito que me havia crescido uma cauda. Puxou uma cadeira, respirou

EU E VOCÊ 51

fundo e balbuciou: — Meu anjo, como estou feliz! —
E me abraçou com força. — Vai ser lindo. Dá licença
um instante? — Levantou-se, me sorriu e se fechou no
banheiro.

Que troço tinha dado nela?

Encostei um ouvido à porta. Minha mãe chorava e, de
vez em quando, fungava. Depois, ouvi que abria a tor-
neira e lavava o rosto.

Eu não entendia.

Ela começou a falar no celular. — Francesco, quero lhe
dizer uma coisa. Nosso filho foi convidado para a semana
branca... Sim, em Cortina. Como vê, não precisamos nos
preocupar... Imagine que, de tanta alegria, caí no choro
como uma cretina. Me tranquei no banheiro para ele não
ver...

Por alguns dias, tentei dizer a mamãe que era mentira,
que eu tinha falado aquilo de brincadeira, mas, quando a
via tão feliz e empolgada, me afastava derrotado e com
a sensação de ter cometido um homicídio.

O problema não era dizer que eu tinha inventado
tudo e que ninguém me convidara para lugar nenhum.

Era humilhante, mas eu poderia suportar. O que eu não suportaria era a pergunta que certamente viria em seguida.

"Lorenzo, mas por que você me disse essa mentira?"

E para essa pergunta não havia respostas.

No quarto, à noite, eu tentava achar uma.

"Porque..."

Mas era como se meu cérebro tropeçasse em um degrau.

"Porque sou um babaca." Essa era a única resposta que eu conseguia me dar. Mas sabia que não bastava, por trás havia algo que eu não tinha vontade de saber.

Então, por fim, me deixei levar pela corrente e comecei a acreditar. Contei sobre a semana branca até mesmo ao Cercopiteco. Conseguindo ser cada vez mais convincente. Enriqueci a história com detalhes. Iríamos para um refúgio no alto da montanha e teríamos que pegar um helicóptero.

Fiz birra para me comprarem esquis, botas e uma jaqueta, tudo novo. E, com o passar dos dias, comecei a acreditar que Alessia havia realmente me convidado.

Se fechava os olhos, eu a via se aproximar. Eu estava desacorrentando a scooter, e ela me encarava com seus

EU E VOCÊ 53

olhos azuis, passava os dedos na franjinha loura, pousava um Nike sobre o outro e me dizia: — Escute, Lorenzo, organizei uma semana branca, quer ir?

Eu pensava um pouco e respondia tranquilo: — Tudo bem, topo.

Mais tarde, um dia, quando eu estava no quarto com as botas novas nos pés, meu olhar bateu no espelho pregado à porta do armário e vi o reflexo de um garoto de cueca, branquelo como um verme, umas pernas que pareciam gravetos, com quatro pelos em cima, um tórax franzino e aquelas ridículas coisas vermelhas nos pés, e, depois de meio minuto observando-o de boca semiaberta, perguntei: — Mas aonde você vai?

E o garoto no espelho me respondeu com uma voz estranhamente adulta: — A lugar nenhum.

Então, me joguei na cama de bota e tudo e com a sensação de que alguém tinha descarregado em cima de mim uma tonelada de entulho e disse a mim mesmo que não fazia a menor ideia de como sair daquela confusão que eu tinha aprontado e que, se ainda viesse a acreditar, mesmo que apenas uma vez, que Alessia tinha me convidado, me jogaria pela janela e amém e bye bye e adeus e muito obrigado.

Era o caminho mais simples. Até porque eu tinha uma vida de merda.

— Chega! Tenho que dizer que não posso ir, porque vovó Laura está no hospital, morrendo de câncer. — Fiz uma voz muito sisuda e, olhando o teto, disse: — Mãe, resolvi não ir esquiar, porque vovó está mal. E se ela morrer quando eu não estiver aqui?

Era uma ideia excelente... Tirei as botas e comecei a dançar pelo quarto como se o piso estivesse em brasa. Saltava em cima da cama e dali sobre a escrivaninha, dando piruetas entre computador, livros, a bacia das tartaruguinhas e cantando *Fratelli d'Italia, l'Italia s'è desta.** Um impulso, e me vi pendurado na estante. *Dell'elmo di Scipio...*

Mas o que eu estava fazendo?

S'è cinta la te...sta.

Usando a morte de vovó para me salvar?

Somente um monstro como eu podia pensar em uma coisa tão horrorosa.

---

* Primeiro verso do hino nacional italiano: "Irmãos da Itália, a Itália despertou." Adiante: "Com o elmo de Cipião/ cingiu a ca... beça." (N. T.)

— Envergonhe-se! — berrei e me joguei na cama com a cara metida no travesseiro.

Como poderia me livrar daquela mentira que estava me deixando maluco?

E, de repente, vi o porão.

Escuro. Acolhedor.

E esquecido.

3.

No porão, fazia um calor tremendo. Havia um banheirinho com as paredes manchadas de umidade. A descarga não funcionava, mas, enchendo o balde na pia, eu podia esvaziar o sanitário.

Passei o resto da manhã deitado, lendo *A hora do vampiro*, de Stephen King, e cochilando. Como almoço, tracei meio tablete de chocolate.

Eu era um sobrevivente de uma invasão alienígena. A raça humana havia sido exterminada e apenas uns poucos tinham conseguido se salvar se escondendo nos porões, ou nos subterrâneos dos prédios. Eu era o único ainda vivo em Roma. Para poder sair, devia esperar que os alienígenas voltassem para seu planeta. E isso, por uma razão a mim desconhecida, aconteceria dali a uma semana.

Tirei da mochila as roupas e duas latas de spray auto-bronzeador. Coloquei os óculos de sol e o gorro e esguichei aquele troço na cara e nas mãos.

Em seguida, todo melado, subi em uma cômoda e apoiei o celular na janela, onde ele pegava mais ou menos.

Abri uma embalagem de minialcachofras e comi cinco.

Aquilo, sim, é que eram férias. Que Cortina, que nada.

O toque do celular me acordou de um sono sem sonhos.

O porão estava escuro. Às apalpadelas, alcancei o aparelho e, equilibrado entre a janela e uma caixa, tentei falar com voz entusiasmada. — Mãe!

— E aí, como está você?

— Superbem!

— Está onde?

Que horas eram? Olhei o visor do celular. Oito e meia. Eu tinha dormido um montão.

— Na pizzaria.

— Ah... Qual?

— Fica na rua... — Eu não me lembrava do nome da pizzaria onde sempre íamos comer com vovó.

— A Pedavena?

EU E VOCÊ

— Exato.

— Como foi a viagem?

— Perfeita.

— E o tempo, como está?

— Ótimo... — Talvez eu estivesse exagerando. — Bom. Sem problemas.

— Neve?

Quanta neve podia haver? — Sim, um pouco.

— Tudo bem mesmo? Sua voz está estranha.

— Não. Não. Tudo bem.

— Passe o telefone para a mãe de Alessia, quero agradecer.

— Não está aqui. Viemos sozinhos à pizzaria. A mãe de Alessia ficou em casa.

Silêncio. — Ah... Mas amanhã eu ligo e você me passa para ela. Ou então você mesmo me telefona.

— Tudo bem. Mas agora preciso desligar, chegaram as pizzas. — E depois, dirigindo-me a um garçom imaginário: — É minha... Essa com presunto é a minha.

— Certo. A gente se fala amanhã. Não deixe de tomar banho, hein?

— Tchau.

— Tchau, meu anjo. Divirta-se.

Tudo certo, eu tinha me safado. Satisfeito, liguei o PlayStation para jogar Soul Reaver um pouco. Mas continuava a refletir sobre o telefonema. Mamãe não ia desistir, eu a conhecia bem demais. Aquela lá, se não falasse com a mãe de Alessia, era capaz até de partir para Cortina. E se eu lhe contasse que a senhora Roncato havia quebrado uma perna esquiando e estava no hospital? Não, precisava achar algo melhor. Na hora, porém, não me ocorria.

O cheiro de umidade começava a me incomodar. Abri a janela. Minha cabeça passava bem-apertada pela grade.

O jardim da Barattieri estava coberto por um tapete de folhas podres. Um lampião espalhava uma luz fria que caía sobre o portão escondido pela hera. Através do verde, eu conseguia entrever o pátio. O Mercedes de meu pai não estava. Ele devia ter ido jantar fora, ou então jogar bridge.

Voltei para o colchão.

Mamãe estava três andares acima de mim, seguramente deitada no sofá com os bassês embolados a seus pés. Na mesinha de centro, a bandeja com o leite e o bolo. Adormeceria ali, diante de um filme em preto e branco. E meu pai, ao voltar, iria acordá-la e levá-la para a cama.

Coloquei os fones de ouvido e Lucio Battisti começou a cantar *Ancora tu*. Tirei os fones.

Eu odiava aquela canção.

4.

A última vez em que eu havia escutado *Ancora tu*, estava no carro com mamãe. Parados em fila, na rua Vittorio. Uma manifestação havia bloqueado a praça Venezia, e, como uma onda de calor, o engarrafamento se irradiara, paralisando o trânsito no centro histórico.

Eu tinha passado a manhã na galeria de arte de minha mãe, ajudando-a a arrumar os quadros de um artista francês cuja exposição seria aberta na semana seguinte. Eu gostava daquelas enormes fotografias de gente comendo sozinha em restaurantes lotados.

As scooters faziam zigue-zague entre os automóveis parados. Sobre os degraus de uma igreja, dormia um mendigo metido em um saco de dormir imundo. Sacos de lixo lhe enfaixavam a cabeça. Parecia uma múmia egípcia.

— Arre! O que está acontecendo? — Minha mãe se agarrou à buzina. — Não dá mais para aguentar esta cidade... Você gostaria de morar no campo?

— Onde?

— Não sei... Na Toscana, por exemplo.

— Nós dois?

— Seu pai iria nos fins de semana.

— E se comprássemos uma casa em Komodo?

— Onde é Komodo?

— É uma ilha muito distante.

— E por que deveríamos ir viver lá?

— Tem os dragões de Komodo. São uns lagartos enormes, que podem comer até uma cabra viva ou um homem com problemas articulares. E correm bem depressa. Poderíamos domesticá-los. E usá-los para nos defender.

— De quem?

— De todo mundo.

Minha mãe sorriu, aumentou o volume do rádio e começou a cantar junto com Lucio Battisti. — *Ancora tu. Non mi sorprende lo sai...* *

Eu também comecei a cantar e, quando chegou a estrofe *Amore mio, hai già mangiato o no? Ho fame anch'io*

---

* "De novo, tu. Não me surpreende, sabes?" Adiante: "Meu amor, já comeste ou não? Eu também tenho fome e não apenas de ti." (N. T.)

EU E VOCÊ 63

e non soltanto di te, segurei a mão dela, como um amante desesperado.

Minha mãe ria e balançava a cabeça. — Que bobo... Que bobo...

Percebi que me sentia feliz. O mundo além das janelas do carro, e eu e mamãe dentro de uma bolha no trânsito. A escola não existia mais, as tarefas muito menos, e tampouco todos os bilhões de coisas que eu deveria fazer para ser adulto.

Mas, de repente, minha mãe baixou o rádio. — Veja aquele vestido naquela vitrine. O que você acha?

— Bonito. Talvez um pouco descomposto, não?

Ela me olhou, surpresa. — Descomposto?! Desde quando você usa essa palavra?

— Escutei em um filme. Uma mulher dizia que tinha um vestido descomposto.

— Mas você sabe o que quer dizer?

— Claro — respondi. — Que mostra demais.

— Não me parece que aquele vestido mostre demais.

— Talvez não.

— O que acha, experimento?

— Tudo bem.

E como por magia, diante de nós, um carro *off-road* liberou uma vaga. Com uma guinada instintiva, minha mãe manobrou para entrar no lugar livre.

Um golpe seco contra a carroceria. Mamãe pisou o freio e soltou a embreagem. Eu fui lançado para a frente, mas o cinto de segurança me manteve no assento. O carro morreu, engasgando.

Voltei a cabeça. Um Smart amarelo estava grudado à porta traseira do BMW.

Tinha vindo em cima de nós.

— Nããão... Que saco! — explodiu minha mãe, baixando o vidro para ver o estrago.

Eu também me debrucei. Na lateral do BMW, nem mesmo um arranhão, tampouco no focinho de buldogue do Smart. Atrás do vidro do carrinho, estava apoiado um gongolo de pelúcia azul e branca, com LAZIO escrito em cima. Depois, percebi que faltava ao Smart o retrovisor esquerdo. Do buraco onde antes ele estava preso, pendiam fios elétricos coloridos. — Olhe lá, mãe.

A porta se escancarou e expeliu o tronco de um homem que devia ter um metro e noventa de altura e oitenta centímetros de largura.

Eu me perguntei como ele conseguia entrar naquela caixinha. Parecia um paguro esticando a cabeça e as pinças para fora da concha. Tinha olhos pequenos e azuis, um franjão corvino, uma dentadura equina e um bronzeado cor de cacau.

— O que aconteceu? — perguntou-lhe minha mãe, aborrecida.

O sujeito desceu e se agachou ao lado do retrovisor quebrado. Olhava-o com uma expressão ao mesmo tempo sofrida e digna, como se, ali no chão, não estivesse um pedaço de plástico e vidro, mas o corpo trucidado de sua mãe. Nem sequer o tocava, como se aquilo fosse um cadáver à espera da perícia.

— O que aconteceu? — repetiu minha mãe em tom calmo, botando a cabeça para fora da janela.

O cara nem sequer se voltou, mas respondeu: — O que aconteceu? Quer saber o que aconteceu? — Tinha uma voz rouca e profunda, como se falasse através de um tubo de plástico. — Pois, então, saia desse carro e venha ver!

— Fique aqui — disse mamãe para mim, me fitando nos olhos. Soltou o cinto de segurança e desceu.

Através do vidro, vi seu tailleur cor de damasco se manchar de pingos-d'água.

Alguns pedestres, embaixo de guarda-chuvas, pararam para olhar. Os veículos a nosso redor, buzinando furiosamente, tentavam transpor o obstáculo como formigas diante de uma parede cega. A uns trinta metros, um ônibus começou a buzinar.

Eu, no carro, via os olhares das pessoas sobre minha mãe. Comecei a transpirar e a sentir que me faltava o fôlego.

— Talvez a gente devesse sair daqui — sugeriu minha mãe ao sujeito. — O trânsito, sabe como é...

Mas ele não ouvia, continuava fitando seu espelhinho como se, com a força da mente, pudesse pregá-lo de volta no automóvel.

Então, minha mãe se aproximou e, com um leve sentimento de culpa e fingida solidariedade, perguntou: — Mas como aconteceu?

A chuva, misturando-se ao gel, havia deixado luzidios os cabelos do homem, revelando um princípio de calvície bem no centro do crânio.

Não tendo recebido resposta, minha mãe acrescentou mais baixo: — É grave?

Finalmente, o sujeito levantou a cabeça e, pela primeira vez, constatou que o culpado por aquele horror estava ali, a seu lado. Esquadrinhou minha mãe de alto a baixo, deu uma olhada para nosso carro e abriu um sorrisinho.

O mesmo sorrisinho maldoso que Varaldi e Ricciardelli davam quando me observavam, sentados em suas scooters. O sorrisinho do predador que enquadrou a presa.

EU E VOCÊ 67

Eu devia avisá-la.

O torcedor do Lazio levantou do chão o retrovisor como se fosse um pisco-de-peito-ruivo com uma asinha quebrada. — Talvez não seja grave para você, mas para mim é. Acabei de pegar o carro na oficina. Sabe quanto custa este espelhinho?

Minha mãe fez não com a cabeça. — É caro?

Eu passava a mão pelos cabelos. Ela não devia brincar com aquilo. Devia pedir desculpas. Dar o dinheiro e pronto, resolvido.

— Um quarto do salário de um garçom. Mas o que você sabe disso... Não tem esses problemas.

Eu devia me levantar, sair do carro, pegá-la pela mão e escapulir, mas estava desmaiando.

Minha mãe balançava a cabeça, perplexa. — Mas foi o senhor que bateu em mim... A culpa é sua.

Vi o laziano vacilar ligeiramente, fechar e abrir os olhos como que para absorver a porrada recém-recebida. Suas narinas fremiam como as de cães buscadores de trufas. — É culpa minha? Quem? Eu? Eu bati no seu carro? — Depois se levantou, abriu os braços e grunhiu:

— Que merda você está dizendo, sua puta?

Ele tinha chamado minha mãe de puta.

Tentei soltar o cinto de segurança, mas minhas mãos formigavam como se estivessem dormentes.

Mamãe se esforçava para parecer segura de si. Tinha descido imediatamente do carro, embaixo de chuva, gentil, disposta a assumir a culpa, se é que lhe cabia, não tinha feito nada errado e um sujeito que ela jamais tinha visto na vida acabava de chamá-la de puta.

"Puta. Puta. Puta." Repeti isso três vezes, experimentando a dolorosa afronta daquela palavra. Nenhuma gentileza, cortesia, nenhum respeito, nada.

Eu tinha que o matar.

Mas onde fora parar a raiva? O fluido vermelho que me enchia quando alguém me sacaneava? A fúria que me fazia partir para o ataque de cabeça abaixada? Eu era uma pilha descarregada. Dominado pelo medo, não conseguia nem soltar o cinto de segurança.

— Por quê? O que eu fiz? — disse minha mãe, como se a tivessem golpeado no peito. Ela cambaleou e conseguiu apoiar uma das mãos sobre o esterno.

— Amor? Belezura? — Da janela do Smart, brotava o rosto redondo de uma garota de cabelos crespos, com óculos verdes e batom violeta. — Meu anjo, sabe o que você é? Apenas uma babaca de BMW. Foi você quem bateu em nosso carro. Tínhamos visto a vaga antes.

EU E VOCÊ

Enquanto isso, o laziano apontava para mamãe com a mão aberta. — Somente porque é uma perua magricela, cheia da grana, acha que pode fazer a merda que lhe der na telha. Dona do mundo, hein?

A garota dentro do Smart começou a bater palmas. — É isso aí, Teodoro. Ponha essa puta no lugar dela.

Achei que devia reagir, mas apenas pensava no fato de que o sujeito se chamava Teodoro e eu não conhecia ninguém com esse nome.

Respirei fundo, para tirar da mente aquele pensamento cretino. Minhas orelhas e meu pescoço ferviam, a cabeça girava.

Talvez Teo, o velho cocker daquela mulher do primeiro andar, na verdade se chamasse Teodoro.

Eu devia sair dali imediatamente. Não tinha nada a ver com aquela história, havia dito a mamãe que o vestido era descomposto e, se ela tivesse me escutado...

Soltei o cinto, mas não conseguia me mexer.

Estava sentado sobre um gigante de pedra que me abraçava e não me deixava sair.

Olhei para a calçada, esperando que alguém nos ajudasse. Os pedestres eram uma fileira de silhuetas desfocadas.

O laziano agarrou o pulso de minha mãe e lhe deu um puxão. — Venha ver, gatinha. Venha ver o que você fez.

Mamãe se desequilibrou e caiu.

A voz aguda da mulher: — Teo! Teo! Deixe para lá, está tarde. Até porque ela não entendeu. Essa burguesa de merda.

Minha mãe estava caída no calçamento, com uma meia rasgada. O calçamento sujo de alguma coisa. Em Roma, eles não limpam as ruas. O cocô infecto dos pombos. Estirada junto da roda do carro, o sujeito debruçado sobre ela.

Agora vai lhe cuspir em cima, pensei.

Mas ele se limitou a dizer: — E agradeça a Deus por ser mulher. Do contrário, a esta hora...

O que ele faria a esta hora se ela não fosse mulher?

Mamãe fechou os olhos e senti que o gigante me apertava entre seus braços de pedra, tirando-me o fôlego, e depois, com um salto, furava o teto do carro e ele e eu voávamos para longe daquela gente, longe do laziano, longe de minha mãe caída no calçamento, longe do trânsito, longe dos tetos lotados de corvos, longe das torres das igrejas.

E desmaiei.

5.

Às nove da manhã, o sol se filtrava em feixes dourados através dos vidros sujos. Naquele lugar, era difícil ficar acordado, talvez por causa do calor dos tubos de aquecimento.

Bocejei e, de cueca e camiseta, fui escovar os dentes no banheiro.

As axilas, por enquanto, resistiam. Não me empolgava a ideia de me lavar com água fria, e, além disso, eu até podia feder, ninguém ia me cheirar. Borrifei o autobronzeador na cara e fiz um sanduíche com Nutella.

Decidi que dedicaria algumas horas a explorar o porão. Toda aquela tralha pertencia à proprietária anterior de nosso apartamento, a condessa Nunziante, que morrera sem parentes. Meu pai tinha comprado o imóvel com todos os móveis e as coisas dela e as amontoara ali.

Dentro das gavetas de uma velha cômoda escura, encontrei roupas coloridas, cadernos cheios de contas, revistinhas de passatempos já resolvidos, caixas cheias de tachinhas, clipes, esferográficas, pedrinhas transparentes, maços de cigarro Muratti, frascos de perfume vazios, batons ressecados. Também havia montes de cartões-postais. Cannes, Viareggio, Ischia, Madri. Talheres de prata enegrecidos. Óculos de grau. Achei até uma peruca loura, que coloquei na cabeça, e depois vesti um robe de seda de cor laranja. Comecei a circular pelo porão como se estivesse no salão de um castelo. — Boa-tarde, senhor duque, sou a condessa Nunziante. Ah, a senhora também veio, condessa Sinibaldi. Sim, esta festa está um pouco chata, e ainda não vi o marquês Cercopiteco. Será que caiu no fosso dos crocodilos?

Embaixo de uma pilha de móveis, havia um grande arquibanco, pintado com flores vermelhas e verdes, que parecia um caixão de defunto.

— Aqui jaz o pobre Goffredo. Comeu um bife à milanesa envenenado.

O celular começou a tocar.

Bufei: — Ah, não! Que saco! Mãe, por favor... Me deixe em paz.

Tentei ignorá-lo, mas não conseguia. Por fim, não aguentei mais e me encarapitei até a janela. No visor,

EU E VOCÊ   73

havia um número que eu não conhecia. Quem era? Tirando mamãe, Nihal, vovó e às vezes papai, ninguém me telefonava. Fiquei indeciso, olhando o celular. Afinal, a curiosidade me venceu, e atendi. — Alô?

— Alô, Lorenzo? Aqui é Olivia.

Levei alguns instantes para entender quem era aquela Olivia... Olivia, minha meia-irmã... — Ah. Oi...

— Como vai você?

— Bem, obrigado, e você?

— Bem. Desculpe incomodar. A tia Roberta me deu seu número. Eu queria lhe perguntar uma coisa... Sabe se sua mãe e papai estão em casa?

Uma armadilha!

Todo cuidado era pouco. Talvez mamãe tivesse desconfiado de algo e agora usava Olivia para descobrir onde eu realmente estava. Mas, que eu soubesse, Olivia e mamãe não se falavam. — Não sei... Estou fora, em semana branca.

— Ah... — A voz parecia decepcionada. — Bem, deve estar se divertindo.

— Sim.

— Me diga uma coisa, Lorenzo. Em geral, a esta hora, seu pai e sua mãe estão em casa?

Mas que pergunta era aquela? — A esta hora, papai está no trabalho. E mamãe, às vezes, vai à academia ou à galeria. Depende.

Silêncio. — Entendi. E, se eles não estiverem, tem alguém lá?

— Tem Nihal.

— Quem é Nihal?

— O empregado.

— Ah. Bom. Me faz um favor?

— Pode falar.

— Não conte a ninguém que eu lhe telefonei.

— Tudo bem.

— Prometa.

— Prometo.

— Ótimo. Divirta-se esquiando. Tem neve?

— Um pouco.

— Então, tchau. E, atenção, bico calado, hein?

— Certo. Tchau. — Desliguei e tirei a peruca, tentando entender o que Olivia queria de mim. E por que queria saber se papai e mamãe estavam? Por que não telefonava para eles? Dei de ombros. Não era problema meu. De qualquer modo, se ela estava jogando um verde, não tinha me apanhado.

A única vez em que eu tinha visto minha meia-irmã Olivia havia sido na Páscoa de 1998.

Eu tinha doze anos e ela, vinte e um. As vezes anteriores não contam. Tínhamos passado uns dois verões juntos em Capri, casa de praia de vovó Laura, mas eu era pequeno demais para me lembrar.

Olivia era filha de meu pai e de uma babaca de Como que odiava mamãe. Uma dentista com quem meu pai se casara antes de eu nascer. Naquela época, ele morava em Milão com a dentista e os dois tiveram Olivia. Depois, se divorciaram e papai se casou com mamãe.

Meu pai não gostava de falar da filha. De vez em quando, ia vê-la e voltava sempre de mau humor. Pelo que eu pude entender, Olivia era maluca. Fingia trabalhar com fotografia, mas aprontava somente confusão. Tinha sido reprovada no liceu, fugira de casa algumas vezes e depois se juntara em Paris com Faustini, o contador de meu pai.

Fui entendendo todas essas coisas aos poucos, porque meus pais não falavam de Olivia na minha frente. Mas, às vezes, no carro, eles esqueciam que eu estava ali e deixavam escapar algo.

Dois dias antes da Páscoa, tínhamos ido visitar meu tio, que morava em Campagnano. Durante a viagem, papai disse a mamãe que havia convidado Olivia para o almoço a fim de convencê-la a ir para a Sicília. Lá havia uns padres que a internariam em um belo lugar cheio de árvores frutíferas, hortas e coisas para fazer.

Eu imaginava que Olivia era feia e que tinha uma cara antipática, como as meias-irmãs da Cinderela, e, no entanto, ela era incrivelmente bonita, uma daquelas garotas que, quando a gente olha, fica com o rosto pegando fogo, e todos percebem que você a acha bonita e, se ela fala com você, você não sabe o que fazer com as mãos, não sabe nem como se sentar. Tinha um cabelão ondulado e louro que lhe caía pelas costas, olhos cinza-azulados e era toda salpicada de sardas, como eu. Era alta, com dois peitos grandes e largos. Podia ser a rainha de um reino medieval.

Durante o jantar, eu mal tinha falado. Depois, ela e papai se fecharam no escritório. Ela foi embora sem se despedir de ninguém.

Fiquei um tempinho recapitulando aquele telefonema estranho, mas depois disse a mim mesmo que havia

EU E VOCÊ

um problema bem mais grave a resolver. O meu. Com outro cartão telefônico, eu poderia deixar um recado para minha mãe, fingindo ser a mãe de Alessia. Mas não bastaria. Mamãe queria falar com ela.

Ensaiei em falsete. — Alô, senhora, eu sou... a mãe de Alessia... Queria lhe dizer que seu filho está muito bem e se divertindo muito. Até logo.

Terrível. Ela me reconheceria na hora.

Peguei o celular e escrevi:

Mamãe, estamos em um refúgio no alto da montanha. O celular não pega. Ligo para você amanhã. Amo você.

E assim ganhei um dia.

Desliguei o telefone, cancelei minha mãe da cabeça, me joguei na cama, coloquei os fones de ouvido e joguei Soul Reaver. Vi-me diante de um chefe tão difícil que, de raiva por não conseguir derrotá-lo, parei o PlayStation e preparei um sanduíche com maionese e cogumelos em conserva.

Como me sentia bem! Se me trouxessem comida e água, passaria ali o resto da vida. E compreendi que, se acabasse no isolamento de uma prisão, seria uma graça divina.

A mosca, finalmente, havia encontrado o cantinho onde podia ser ela mesma, e quase tirou uma soneca.

Abri os olhos de chofre.

Estavam mexendo na fechadura da porta.

Nem uma vez sequer me ocorrera a possibilidade de alguém entrar no porão.

Eu continuava a fitar a porta, mas não conseguia me mexer, como se estivesse grudado na cama. Minha traqueia estava obstruída e era difícil respirar.

Com um impulso repentino, como se me livrasse de uma teia, me joguei da cama, bati com o joelho direito na quina da cômoda e, apertando os dentes, sufocando um berro de dor, manquejando, me meti no espaço entre o armário e a parede. Dali, arranhando as pernas, deslizei para baixo de uma mesa onde estavam amontoados uns tapetes enrolados. Estiquei-me em cima deles enquanto o sangue pulsava em meus tímpanos.

Lá fora, por sorte, não conseguiam abrir a porta. Aquela fechadura era velha e, se a chave fosse empurrada até o fim, ela não girava.

No entanto, a porta se escancarou.

Eu mordia o tecido fedorento do tapete.

Dali de baixo, via apenas um pedacinho do piso. Ouvi os passos e depois apareceram uns jeans e umas botas pretas de caubói.

Nihal não possuía botas. Meu pai usava Church's e, no verão, mocassins. Minha mãe tinha um monte de botas, mas não tão feias. E o Cercopiteco tinha somente velhos tênis deformados. Quem poderia ser?

Fosse quem fosse, perceberia que o porão era habitado. Estava tudo ali. A cama, a comida, a televisão ligada.

Enquanto isso, as botas pretas circulavam pelo aposento como se procurassem algo. Aproximaram-se de meu colchão e pararam.

O proprietário das botas respirava pela boca, como se estivesse resfriado. Levantou uma lata da mesinha e pousou-a de volta. — Tem alguém aqui? — Uma voz feminina.

Apertei o tapete entre os dentes. Se eu não for descoberto, pensei, vou visitar aquele gozador do meu primo Vittorio todos os dias. Juro por Deus que me torno seu melhor amigo.

— Quem está aqui?

Fechei os olhos e tampei os ouvidos com as mãos, mas ainda assim sentia que a pessoa caminhava, deslocava, procurava.

— Saia daí. Eu já vi você.

Reabri os olhos. Uma figura escura estava sentada na minha cama.

— Mexa-se.

Não, eu não me mexeria dali nem morto.

— Está surdo? Saia daí.

Talvez fosse melhor ver quem era. Estiquei-me para cima e, como um cão flagrado com o focinho dentro da geladeira, rastejei para fora.

Sentada na cama estava Olivia.

Havia emagrecido muito e os ossos de suas faces, agora marcados, se destacavam. Seu rosto estava tenso e cansado, e ela cortara bem curtos os longos cabelos louros. Sobre os jeans, usava uma camiseta desbotada, com o logotipo da Camel, e uma jaqueta azul de marinheiro.

Já não era tão bonita como dois anos antes.

Ela me observou, perplexa. — O que você está fazendo aqui?

Se havia algo que eu odiava era ser visto de cueca, particularmente por mulheres. Todo encabulado, peguei no chão a calça e a vesti.

EU E VOCÊ

— Por que você se escondeu aqui?

Eu não sabia o que dizer. Estava tão confuso que mal consegui erguer os ombros.

Minha meia-irmã se levantou e olhou ao redor. — Relaxa, não me interessa. Estou procurando uma caixa que deixei com o meu... com o nosso pai. Lá em cima, o empregado me disse que ela deveria estar aqui. Ele não podia vir porque tinha que passar roupa. É algum babaca, ele?

De fato, Nihal era meio babaca com as pessoas que não conhecia muito bem. Tinha esse defeito de encarar todo mundo de alto a baixo.

— É uma caixa grande, e em cima está escrito Olivia. Me ajude a encontrar.

Comecei a procurar com vontade, todo contente porque minha meia-irmã não estava nem aí para o motivo de eu me encontrar ali dentro.

Mas da tal caixa não havia rastros, ou melhor, havia muitíssimas caixas, mas nenhuma trazia o nome Olivia escrito em cima.

Minha meia-irmã balançava a cabeça. — Viu como seu pai cuida das minhas coisas?

Eu disse baixinho: — É seu pai também.

— Tem raz... — Olivia levantou o punho em sinal de vitória. Embaixo de um console, bem atrás da porta do porão, havia uma caixa fechada com fita adesiva, identificada como CASA DE OLIVIA — FRÁGIL.

— Pronto, achei. Olha só onde a colocaram. Me ajude, é pesada.

Arrastamos a caixa para o meio do aposento.

Olivia se sentou de pernas cruzadas, arrancou a fita adesiva e começou a tirar livros, CDs, roupas, maquiagem, e a jogar tudo no chão. — Aqui está.

Era um livro branco, com a capa toda gasta. *Trilogia da cidade de K.*

Ela começou a folheá-lo, procurando algo e falando sozinha. — Caralho, estava aqui. Não acredito. Aquele filho da puta do Antonio deve ter encontrado. — Levantou-se com um salto. Os olhos brilhavam. Pousou as mãos nos quadris, olhou para o teto e, furiosa, começou a chutar a caixa. — Vá tomar no cu! Vá tomar no cu! Eu odeio você. Até isso você pegou. E agora, o que eu faço, porra?

Eu a fitava atemorizado, mas não consegui me conter: — O que havia aí dentro?

Olivia se sentou no chão e colocou a mão no rosto.

Achei que ela ia começar a chorar.

EU E VOCÊ

Olhou para mim. — Você tem grana?

— O quê?

— Grana. Preciso de grana.

— Não. Lamento. — Na realidade eu tinha, papai me dera um dinheiro para as despesas na montanha, mas eu queria guardar para comprar um som estéreo.

— Fale a verdade.

Balancei a cabeça e abri os braços. — Juro. Não tenho.

Ela me observou, como se quisesse descobrir se eu estava mentindo. — Me faça um favor. Guarde tudo de volta e feche a caixa. — Abriu a porta do porão. — Tchau.

Respondi: — Escute.

Ela parou. — O que é?

— Por favor, não conte a ninguém que eu estou aqui. Nem mesmo a Nihal. Se você contar, estou perdido.

Olivia me encarou sem me ver, estava pensando em outra coisa, algo que a preocupava. Depois pestanejou, como que para acordar. — Tudo bem. Não conto.

— Obrigado.

— De qualquer modo, sua cara está da cor de uma laranja. Você exagerou com o autobronzeador. — E fechou a porta.

A operação bunker estava indo por água abaixo. Mamãe queria falar com a mãe de Alessia. Olivia tinha me flagrado. E minha cara estava fosforescente.

Continuei a me olhar no espelho e a reler as instruções do autobronzeador. Não diziam nada sobre quanto tempo era necessário para aquilo desaparecer.

Achei uma antiga lata de saponáceo Vim e o espalhei no rosto, depois me deitei na cama.

A única coisa de que eu tinha certeza era de que Olivia não diria nada. Ela não parecia do tipo que banca o espião.

Depois de dez minutos, lavei a cara, mas ela continuava laranja do mesmo jeito.

Remexi na caixa de minha irmã. Tudo tinha sido jogado lá dentro de qualquer jeito. Havia principalmente roupas e sapatos. Um velho computador portátil. Uma máquina fotográfica sem lente. Um Buda de madeira fedorenta. Uns papéis escritos em uma letra redonda e grande. A maior parte, relações de coisas a fazer. Os convidados para uma festa e uma lista de supermercado. Em uma pastinha azul, encontrei fotos de Olivia quando ela ainda estava em forma. Em uma, aparecia deitada em um sofá de veludo vermelho e vestindo apenas uma camisa masculina, que deixava ver um pedaço de seio. Em outra, estava sentada em uma cadeira e, com um cigarro nos lábios, calçava as meias. Na foto que mais me agradou, ela estava de costas, com a cabeça voltada para a lente. Com uma das mãos, segurava um seio. E tinha umas pernas que não acabavam mais.

Eu não devia nem mesmo pensar nisso. Olivia era cinquenta por cento minha irmã.

Entre as fotos havia uma menorzinha, em preto e branco. Meu pai, com cabelos compridos, jeans e uma jaqueta de couro, estava sentado na abita de um cais, segurando no colo uma menina, provavelmente Olivia, que tomava um sorvete.

Caí na risada. Jamais imaginaria que meu pai, quando jovem, se vestisse daquele jeito horroroso. Eu sempre o vira com os cabelos grisalhos e curtos, terno cinza com gravata e sapatos furadinhos. Mas ali, com aqueles cabelos de tenista antigo, ele parecia feliz.

Havia também uma carta de Olivia para papai.

Querido pai,

escrevo para lhe agradecer pelo dinheiro. Sempre que você me livra das confusões usando suas finanças, eu me pergunto: "E se no mundo não existisse o dinheiro, como faria meu pai para me ajudar?" E depois me pergunto se o que leva você a fazer isso é o sentimento de culpa ou seu amor por mim. Sabe de uma coisa? Não quero saber. Sou uma sortuda por ter um pai como você, que me deixa ter minhas experiências e, quando eu dou mancada, praticamente sempre, me ajuda. Mas agora chega, não quero mais que você me ajude.

Você nunca gostou de mim, antipatiza comigo, quando está em minha companhia fica sempre muito sério. Talvez por eu ser a prova viva de uma história toda errada e porque, sempre que você pensa em mim, se lembra da besteira que fez ao se casar com minha mãe. Mas eu não tenho culpa. Tenho certeza disso. De todo o resto, não. Se eu tivesse procurado mais você, quem sabe, se tivesse tentado derrubar a parede que nos separava, talvez as coisas fossem diferentes.

Imaginei que, se eu fosse escrever um livro contando a minha vida, daria ao capítulo sobre você o título de "Diário de um ódio". No entanto, preciso aprender a não odiar você. Preciso aprender a não odiar você quando seu

EU E VOCÊ

dinheiro chega até mim e quando você me telefona para saber como vão as coisas. Eu odiei você demais, sem me poupar. Estou cansada disso.

Portanto, ainda agradeço, mas, de agora em diante, mesmo que você sinta o instinto de me ajudar, reprima-o. Você é o mestre da repressão e do silêncio.

Sua filha,

Olivia

Reli a carta pelo menos três vezes. Não acreditava que Olivia odiasse tanto papai. Eu sabia que os dois não se entendiam, mas, afinal, ele era pai dela. Uma ova! Claro, se você não conhecia papai, podia facilmente considerá-lo um antipático. Um daqueles que se fazem de sérios, que parece até que devem comandar o mundo sozinhos. Mas, se você o pegava no verão, na praia, ou esquiando no inverno, ele era muito gentil e simpático. E também era Olivia que não queria vê-lo, que era sempre agressiva e se aliara contra ele com a dentista. Papai fazia o possível para reconstruir a relação.

— "Diário de um ódio"... Meio exagerado. E, também, o que você faria com todo este dinheiro? — comentei. Eu tinha feito bem em não dar. Ela não merecia. E ainda por cima se fazia fotografar pelada.

Joguei a tralha toda de volta na caixa e coloquei-a no lugar.

Podiam ser três da madrugada, e eu flutuava no escuro, com os fones de ouvido, jogando Soul Reaver, quando tive a impressão de que havia um ruído no porão. Tirei os fones e virei lentamente o olhar.

Alguém estava batendo na janela.

Dei um salto para trás e um calafrio me percorreu a espinha, como se eu tivesse pelos nas costas e alguém os acariciasse. Sufoquei um grito.

Quem seria?

Fosse quem fosse, não parava de bater.

Os vidros refletiam o clarão azulado da tela da tevê e meu vulto, de pé, aterrorizado.

Tentei engolir em seco, sem conseguir. Minha cabeça girava de tanto medo. Comecei a inspirar e expirar. Devia me manter calmo. Não havia perigo. A janela tinha grades, e ninguém podia passar por ali, a não ser que fosse mole como um polvo.

Acendi a lanterna e, tremendo, apontei-a para a janela.

Atrás do vidro estava Olivia, que me acenava para abrir.

— Que saco! — bufei. Fui até a janela e a abri. Entrou um ar gelado. — O que você quer agora?

Olivia tinha os olhos vermelhos e parecia muito cansada. — Caralho. Faz meia hora que estou batendo.

— Eu estava com fones de ouvido. O que houve?

— Preciso de sua hospitalidade, irmãozinho.

Fingi não entender. — Em que sentido?

— No sentido de que não sei onde dormir.

— E quer dormir aqui?

— Isso mesmo.

Fiz que não com a cabeça. — Nem pensar.

— Por quê?

— Porque não. Este porão é meu. Sou eu que estou aqui. Foi planejado para apenas uma pessoa.

Ela ficou em silêncio, me olhando, como se acreditasse que eu estava de brincadeira.

Tive que acrescentar: — Lamento, é isso. Não vai dar mesmo...

Olivia balançou a cabeça, incrédula. — Está fazendo um frio do cão. Deve estar menos cinco aqui fora. Não sei para onde ir, porra. Estou lhe pedindo um favor.

— Lamento.

— Sabe de uma coisa? Você é filho de seu pai.

— Nosso pai — corrigi.

Ela puxou um maço de Marlboro e acendeu um. — Me explica por que não posso ficar aqui esta noite? Qual é o problema?

O que eu devia dizer? A raiva começou a me subir. Eu a sentia pressionando meu diafragma. — Desorganiza tudo. Não tem lugar. É perigoso. Eu estou aqui escondido. Não posso abrir para você. Vá para algum outro lugar. Ou melhor, tive uma ideia. Toque lá em cima. Vão botar você para dormir no quarto de hóspedes. Você vai ficar superbem...

— Se for para dormir com aqueles dois babacas, prefiro um banco na Villa Borghese.

Mas como se permitia? O que papai havia feito para merecer aquela filha? Dei um chute na parede. — Por favor... Estou pedindo... Aqui está tudo em ordem, organizei as coisas direitinho, perfeitamente, e agora você chega e faz uma bagunça... — Percebi que estava choramingando e eu odiava choramingar.

— Então... Como é mesmo seu nome? Lorenzo. Lorenzo, me escute bem. Eu fui boazinha. Hoje de manhã, você me pediu para não falar nada, e eu não falei nada. Não lhe perguntei nada. Não quero saber. São problemas seus. Estou lhe pedindo um favor. Se você sair um instantinho e me abrir o portão, eu entro. Ninguém vai nos ver.

— Não. Jurei que não ia sair.

Olivia me encarou. — Jurou a quem?

— A mim mesmo.

Ela deu uma tragada no cigarro. — Então, sabe o que vou fazer? Me pendurar no interfone e contar a eles que você está no porão. O que acha?

— Você não faria isso...

Ela exibiu um sorrisinho sacana. — Ah, não? Você não me conhece... — Deslocou-se para o centro do jardim e, com voz bem forte, disse: — Atenção, atenção! Tem um garoto escondido no porão. É Lorenzo Cuni, fingindo estar em semana branca... Condôminos...

Joguei os braços contra a grade e implorei. — Cale a boca! Cale a boca, por favor.

Ela me encarou, divertida. — E então? Vai abrir, ou eu devo acordar o prédio inteiro?

Eu não conseguia acreditar que minha irmã fosse tão pérfida. Ela havia me fodido. — Tudo bem. Mas, amanhã de manhã, você vai embora. Promete?

— Prometo.

— Estou indo. Vá para o portão.

Saí correndo, tão apressado que somente quando me vi no corredor percebi que estava descalço. Devia ir bem rápido. Por sorte, era tarde. Meus pais muitas vezes ficavam acordados até tarde, mas não até as três da manhã.

"Imagine se, quando eu estiver abrindo o portão, encontro meus pais voltando. Que vexame", disse a mim mesmo, enquanto subia os degraus dois a dois. Passei em frente à portaria. Com o Cercopiteco, à noite, eu não precisava me preocupar. Seu sono era uma espécie de letargia, ele tinha me explicado, por culpa de uns ladrões que haviam alterado seu ritmo vigília/sono. Cerca de três anos antes, tinham entrado na casa dele e esguichado em sua cara um spray anestésico. Com todas aquelas residências cheias de grana, quadros e joias, os retardados tinham ido roubar o Cercopiteco. Levaram uns óculos de grau e um aparelho de rádio. Em suma, para encurtar a história, o coitado havia dormido três dias seguidos. Nem no pronto-socorro conseguiram mantê-lo acordado. Desde aquele dia, conforme ele me explicou, andava sempre cansado e, quando adormecia, tinha um sono tão profundo que "se vier um terremoto, estou fodido. Que diabo me esguicharam aqueles ciganos filhos da puta?"

EU E VOCÊ

Atravessei o vestíbulo. O mármore frio sob os pés.

Abri o portão grande, e ela estava ali, me esperando.

— Obrigada, irmãozinho — disse.

6.

Olivia se sentou no sofá. Tirou as botas, cruzou as pernas e acendeu outro cigarro. — É mesmo um belo lugar este aqui. A gente se sente realmente bem.

— Obrigado — me ocorreu responder, como se o porão fosse minha casa.

— Tem alguma coisa para beber?

— Suco de fruta, Coca-Cola... quente e água.

— Não tem cerveja?

— Não.

— Então, um pouco de suco — ordenou, como se estivesse em um bar.

Eu trouxe a garrafa, ela tomou um gole comprido e limpou a boca com a manga do cardigã. — Este é meu primeiro momento tranquilo do dia. — Esfregou os olhos e expeliu uma nuvem de fumaça. — Preciso descansar. — Apoiou a cabeça no encosto do sofá e ficou parada, fitando o teto escuro.

Eu a olhava em silêncio, sem saber o que dizer. Talvez ela não quisesse falar ou não me considerasse alguém com quem conversar. Melhor assim.

Então, me deitei e comecei a ler, mas não conseguia me concentrar. Observava-a por trás do livro. Olivia continuava com o cigarro na boca e os olhos fechados. A cinza se alongava, mas ela não a jogava fora. Tive medo de que caísse em cima dela e a queimasse. Talvez ela estivesse dormindo.

— Está com frio? Quer uma coberta? — perguntei, para tirar a dúvida.

Ela demorou um tempão para me responder. De olhos fechados, disse: — Quero, obrigada.

— Tem as da condessa... São velhas, e também meio fedorentas.

— A condessa?

— Sim. Aquela que morava no apartamento antes de nós. Imagine que papai o comprou e não a mandou embora. Esperou que ela morresse. Para ajudá-la. Toda esta tralha é a casa da condessa Nunziante.

— Ah. Ele comprou em nua propriedade.

— Como assim?

— Sabe o que é nua propriedade?

EU E VOCÊ

— Não.

— É quando uma pessoa, não tendo parentes ou não tendo mais um centavo sequer, vende a casa a preço baixo, mas pode ficar ali até a morte... Não é fácil de explicar. — Riu de si para si. — Espere. Vou lhe explicar direito... — Falava arrastado, como se não achasse as palavras. — Imagine que você está velho e não tem ninguém, recebe uma mixaria de pensão, então o que faz? Vende a casa com você dentro, e apenas quando você morre a casa e as coisas todas passam para quem comprou... Entendeu?

— Sim. — Eu não tinha entendido nada. — Mas por quanto tempo?

— Depende de quando você morre. Pode demorar um dia ou dez anos. Dizem que, depois de vender a nua propriedade, você não morre nunca. O sujeito está morrendo, vende a nua propriedade e aguenta mais uns vinte anos.

— Como pode?

— Não sei... Mas acho que, se as pessoas esperam que você morra...

— Então, se você comprou a casa, tem que esperar que o velho morra cedo. Que horror.

— Pois é. Então papai... comprou a... casa de vocês quando a... — e se bloqueou. Esperei que ela concluísse, mas percebi que seus braços estavam caídos como se lhe tivessem atirado no peito. O cigarro, pendurado nos lábios, estava apagado, a cinza tinha ido parar no colo.

Aproximei-me devagar. Encostei o ouvido em seu rosto. Ela respirava.

Tirei-lhe a guimba, peguei uma coberta e a joguei em cima de minha irmã.

Quando acordei, o sol já estava no meio de um céu azul e sem nuvens. A palmeira se agitava, sacudida pelo vento. Em Cortina, o dia devia estar perfeito para esquiar.

Olivia, encolhida no sofá, dormia com o rosto colado a uma almofada nojenta. Devia estar realmente cansada.

"Vamos deixá-la aí mais um pouco", pensei e me lembrei do celular desligado. Foi apenas o tempo de ligá-lo e me chegaram três mensagens. Duas de minha mãe. Estava preocupada e queria que eu ligasse para ela assim que estivesse em algum ponto onde o telefone pegasse.

Tomei o café da manhã e comecei a jogar Soul Reaver.

Olivia acordou uma hora depois.

Continuei a jogar, mas, de vez em quando, lançava a ela uma olhada de esguelha. Queria fazê-la compreender

EU E VOCÊ

que eu era um durão, daqueles que não se preocupam com ninguém.

Ela parecia ter sido mastigada e cuspida por um monstro que a tivesse achado amarga. Levou meia hora para se levantar. Marcas da almofada tinham ficado em sua bochecha e na testa. Não parava de esfregar os olhos e de mexer a língua dentro da boca. Finalmente, emitiu uma palavra rouca: — Água.

Eu trouxe. Ela se grudou à garrafa. Depois, começou a apalpar os braços e as pernas, fazendo caretas de dor. — Tudo me dói. É como se eu tivesse arame farpado dentro dos músculos.

Ergui as mãos, desalentado. — Deve estar gripada. Não tenho remédios aqui. Você devia ir à farmácia. Se for à praça de...

— Não vou conseguir sair daqui.

— Como? Você prometeu que hoje de manhã iria embora.

Olivia passou uma das mãos pela testa. — Foi assim que criaram você? Ensinaram você a ser um filho da puta. Mas não pode ser somente educação, dentro de você deve haver algo errado e retorcido.

Fiquei em silêncio, de cabeça baixa, incapaz de responder. Mas que merda ela queria de mim? Não era nem minha irmã por inteiro. Eu não a conhecia. Eu não enchia o saco de ninguém, por que ela enchia o meu? Tinha entrado em minha toca com uma promessa falsa e agora não queria mais sair.

Ela se levantou com dificuldade, ajoelhou-se com uma careta de dor e me encarou. Suas pupilas estavam tão grandes e negras que praticamente não se percebia o azul da íris. — Quer saber? Isso de ficar escondido e cuidando de seus assuntos não significa que você é uma boa pessoa. É fácil demais pensar assim.

Era como se ela tivesse lido meus pensamentos.

— Lamento... A comida não dá para dois. É apenas por isso. E, também, é preciso ficar em silêncio aqui. E também... Não. Não vai dar. Eu preciso ficar sozinho — balbuciei, apertando os punhos.

Ela levantou as mãos, como quem se rende. — Tudo bem, eu vou embora. Você é muito babaca.

— Tem razão.

— E maluco.

— É isso aí.

— E até fede.

Cheirei uma das minhas axilas. — E daí? Apenas eu vou estar aqui. Posso feder o quanto quiser e me der na telha. E depois, veja só quem fala. Você também fede...

EU E VOCÊ

Nesse momento, o celular tocou.

Era minha mãe.

Fingi que não era nada, esperando que ele parasse de tocar, mas não parou.

Olivia olhou para mim: — E aí, não vai atender?

— Não.

— Por quê?

— Porque não.

Mas o telefone continuava. Mamãe devia estar furiosíssima. Eu podia até vê-la, em seu quarto, sentada na cama, bufando. Com um salto, transpus os móveis e alcancei o celular. Atendi. — Oi, mamãe.

— Oi, Lorenzo. Tudo bem?

— Tudo bem.

— Eu liguei para você cem vezes.

— Recebeu minha mensagem?

— Mas isso é comportamento que se preze? Você deveria ter me ligado antes de partir para o refúgio.

— Eu sei... Mas é que partimos de repente. Eu ia ligar para você.

— Fiquei preocupada. Como você está?

— Bem. Ótimo.

— Quero falar com a mãe de Alessia.

— Agora ela não pode. Ligue mais tarde.

Minha mãe ficou um segundo em silêncio, depois explodiu: — Agora chega, Lorenzo. Ou você passa o telefone para a mãe de Alessia ou eu vou ligar para os pais dos outros garotos. — Sua voz estava dura, e ela se continha para não gritar. — Chega dessa história. O que você está me escondendo?

Pronto, mamãe havia chegado ao limite. Eu não podia enrolá-la mais. Olhei para Olivia. — Ah, está chegando... Espere aí que eu vou chamá-la. Vou ver se ela pode atender. — Pousei o telefone e desci da janela. Sentei-me junto de Olivia e cochichei no ouvido dela: — Por favor, me ajude... Por favor. Finja que é a mãe de Alessia. Mamãe pensa que eu estou esquiando em Cortina, hospedado com uma colega chamada Alessia Roncato, que me convidou para uma semana branca. Finja que é a mãe de Alessia. Diga que eu estou bem, que tudo vai bem. Ah, também é importantíssimo dizer que eu sou simpático.

Um sorrisinho infame curvou a boca de minha meia-irmã. — Não tenho a menor intenção...

— Estou pedindo.

— Nem que me matem.

Segurei o pulso dela. — Se minha mãe descobrir que eu não fui esquiar, acabou-se. Vão me mandar para o psicólogo.

EU E VOCÊ 103

Ela se soltou de mim. — Mas nunca na vida! Não vou tirar da merda um babaquinha egoísta que me expulsa de seu porão pulguento.

Que sacana, tinha me fodido de novo. — Tudo bem. Se você falar com ela, pode ficar.

Ela apanhou as botas no chão. — E quem quer ficar aqui?

— Juro que faço tudo que você quiser.

— De joelhos. — E apontou o piso.

— De joelhos?

— De joelhos.

Obedeci.

— Repita. Juro, sobre a cabeça de meus pais, que serei escravo de Olivia Cuni...

— Olha que ela está esperando no telefone... Depressa — choramiguei, todo nervoso.

Ela, porém, estava calma. — Repita.

Aquilo estava me matando. — Juro, sobre a cabeça de meus pais, que serei escravo de Olivia Cuni...

— Pelo resto da vida...

— Pelo resto da vida?! Ficou maluca? — Olhei para o teto e resmunguei: — Pelo resto da vida.

— E serei sempre gentil e disponível com ela.

— E serei sempre gentil e disponível com ela. Agora vá falar, por favor...

Olivia se levantou com uma careta de dor. — Sua mãe conhece essa senhora?

— Não.

— Como se chama mesmo a filha?

— Alessia. Alessia Roncato.

Caminhando como uma velha artrítica, ela teve dificuldade para subir até a janela. Devia estar realmente mal. Mas, quando falou, a voz era firme. — Alô, senhora Cuni! Bom-dia. Como vai?

Comecei a morder a mão de tanta ansiedade.

Olivia parecia felicíssima por falar com minha mãe. — Claro... Claro... Sim, claro, Lorenzo me disse. Desculpe por não lhe telefonar, não foi culpa minha, tivemos que fazer um monte de coisas. A senhora sabe como é, na montanha. Imagine... Imagine... Obrigada, é um prazer, ele é um garoto tão educado... Claro, vamos nos tratar por você. Por aqui, tudo bem. A neve? — Ela me olhou sem saber o que responder. — Tem neve?

— Um pouco — sugeri em voz baixa.

— Um pouco — disse Olivia, tranquila. — Alessia está muito contente. — Olhou-me e balançou a cabeça.

EU E VOCÊ   105

— Seu filho, faço questão de dizer, é muito simpático. Todos nós rimos muito com ele. É um prazer tê-lo conosco. É um garoto tão generoso...

— Demais. Você é demais — soltei, sem perceber.

— Se você quiser, eu lhe dou meu celular. De qualquer modo, a gente liga de novo. Até logo... Bom-dia para você também. Certo. Certo. Obrigada. Obrigada. — E desligou.

Dei um salto, erguendo os braços. — Maravilha! Você foi ótima. Estava igualzinha à mãe de Alessia. Por acaso a conhece?

— Conheço o tipo — disse Olivia. Depois, apoiou a mão na parede, apertou os olhos, abriu-os, me encarou e vomitou nas mãos.

Continuou a vomitar no banheiro. Ou melhor, fazia um esforço, mas não conseguia. Depois, se jogou no sofá, exausta, e despiu a calça. Suas pernas branquelas tremiam, e ela se debatia como se quisesse se livrar do tremor. — Pronto. Caralho, já veio... — ofegou, de olhos fechados.

Mas de que raio de doença ela sofria? E se fosse contagiosa?

— O que foi que veio?

— Nada... Não é nada.

— O que você tem? Essa doença pega?

— Não. Não se preocupe, não me encha, faça suas coisas como se eu não estivesse aqui. Certo?

Engoli em seco. — Certo.

Devia sofrer de malária. Como Caravaggio.

Olivia tinha dito para eu cuidar de meus assuntos. Perfeito. Sem problemas. Nisso eu era um mestre. Voltei a jogar Soul Reaver. Havia o monstro de sempre, que eu não conseguia derrotar. Mas, de vez em quando, eu não conseguia evitar de espiar Olivia.

Ela não conseguia ficar parada mais de um minuto. Agitava-se, mudava de posição como se estivesse deitada sobre um tapete de cacos de vidro. Enrolava-se toda e jogava longe a coberta e pinoteava e sofria como se alguém a estivesse torturando.

Tantas lamentações exageradas me enlouqueciam. Eu tinha a impressão de que era tudo um fingimento e de que ela apenas fazia aquilo para me incomodar.

Aumentei ao máximo o volume dos fones de ouvido, me virei para a parede e meti a cabeça no livro, tão de perto que meus olhos ficaram vesgos. Li algumas linhas e os fechei.

Voltei a abri-los duas horas depois. Olivia estava sentada na beira do sofá, toda suada, movendo nervosamente as pernas e fitando o chão. Havia tirado o cardigã, usava uma regata azul meio despencada, e dava para perceber os seios pendentes. Estava tão magra que eu via todos os seus ossos e os pés compridos e delgados. O pescoço longo de galgo, os ombros largos, os braços...

O que era aquilo no meio dos braços?

Manchas roxas, consteladas por pontinhos vermelhos.

Ela levantou a cabeça — Dormimos bastante, hein?

O lugar na Sicília para onde papai queria mandá-la...

— Hein?

O dinheiro...

— Você dormiu?

Meus pais parando de falar de Olivia assim que me viam...

— Sim...

A doença que não pega...

— Preciso comer alguma coisa.

Era como os caras na Villa Borghese. Aqueles caídos nos bancos. Que perguntam se você tem uns trocados. Aqueles com cervejas. Eu circulava longe deles. Sempre haviam me dado medo.

— Me dê um biscoito... Um pedaço de pão...

E agora um deles estava ali.

Levantei-me, peguei a embalagem de pão de fôrma e levei para ela.

Uma daquelas pessoas estava a meu lado. Em minha toca.

Ela jogou o pão no sofá. — Quero tomar banho... Estou nojenta...

— Só tem água fria. — Fiquei surpreso por conseguir responder.

— Não importa. Preciso reagir — disse ela de si para si. Levantou-se com dificuldade e foi até o banheiro.

Esperei que a água corresse e me lancei à mochila de Olivia. Dentro, havia uma carteira bastante gasta, uma agenda cheia de papéis, o celular e umas seringas embaladas em plástico.

7.

Estirado na cama, eu fitava o teto. Havia silêncio, mas, se eu parasse de respirar, escutava Olivia no banho, os carros passando na rua, o ciciar da vassoura do Cercopiteco no pátio, um telefone tocando ao longe, o queimador do aquecimento, os cupins. E o odor de toda aquela tralha amontoada, penetrante o da madeira dos móveis, áspero o dos tapetes úmidos.

Um baque.

Levantei a cabeça do travesseiro.

A porta do banheiro estava encostada.

Saí da cama e fui ver.

Olivia estava no chão, nua, branca, encolhida entre o vaso e a pia, tentando se levantar, mas sem conseguir. Suas pernas escorregavam sobre os ladrilhos molhados como as de um cavalo sobre uma placa de gelo. Na virilha, tinha poucos pelos.

Fiquei parado, olhando-a.

Parecia um zumbi. Um zumbi que acaba de levar um tiro.

Ela me viu, ali, de pé ao lado do umbral, e rangeu os dentes. — Saia! Fora daqui! Feche a porra desta porta!

Fui buscar o robe da Nunziante e o deixei pendurado na maçaneta. Quando saiu, embrulhada em uma toalha imunda, Olivia o pegou, olhou, vestiu, se deitou no sofá e, sem me dizer uma palavra, me deu as costas.

Coloquei os fones de ouvido e comecei a escutar um CD de papai. Era uma peça para piano que não acabava nunca; aquela música tão calma e repetitiva me dava a sensação de estar longe, atrás de um vidro, como se eu assistisse a um documentário. Eu e ela não estávamos no mesmo aposento.

Com o passar das horas, minha irmã começou a piorar cada vez mais. Tremia como se tivesse febre. Era um dique contra o qual se quebravam ondas de dor. Mantinha os olhos fechados, mas não dormia. Eu a ouvia se lamentar. — Vá tomar no cu. Que saco. Não aguento mais... Assim eu não aguento.

A música prosseguia me batendo sempre igual nos ouvidos, enquanto minha irmã se erguia do sofá, se abaixava, coçava as pernas até tirar sangue, se levantava,

EU E VOCÊ

se agitava, apoiava a cabeça na porta do armário. O rosto contraído pela dor. Começava a inspirar e a expirar com as mãos nos quadris. — Força, Oli, você consegue... Força... Força, caralho. — Depois, se agachou a um canto, apertando o rosto entre as mãos. Ficou assim um bom tempo.

Dei um suspiro de alívio. Ela parecia ter adormecido naquela posição incômoda. Mas não, levantou-se e começou a chutar tudo que encontrava.

Tirei os fones de ouvido, me levantei e segurei-a por um pulso: — Não faça barulho! Assim, todo mundo vai nos ouvir! Estou pedindo...

Ela me encarou com olhos injetados de ódio e sangue e me empurrou longe. — Pedindo é o caralho! Ora, vá tomar no cu! Coloque de volta esses fones de merda, seu idiota. — Deu um pontapé no cão de cerâmica, que caiu e quebrou a cabeça.

Implorei, tentando detê-la: — Por favor... Por favor... Não faça isso... Se você fizer isso, estamos perdidos. Entende?

— Me largue. Juro por Deus que te mato. — Ela me jogou contra um abajur de vidro, que se espatifou em mil pedaços.

Uma raiva cega me invadiu. Meus músculos se endureceram e, como se eu explodisse, berrei: — Não, eu é que te mato! — E, baixando a cabeça, parti para cima dela. — Você tem que me deixar em paz. Vai entender ou não? — Estiquei os braços e a empurrei com violência.

Olivia voou para trás, tropeçou e bateu com o ombro no armário. Paralisou-se, boquiaberta, incrédula.

— O que você quer de mim? Vá embora! — rosnei.

Olivia se aproximou e me deu um tapa. — Escroto... Como se atreve?

"Agora eu a mato mesmo", pensei, tocando minha bochecha em fogo. Senti um nó fervente no fundo da garganta, contive as lágrimas, fechei os punhos e saltei sobre ela. — Saia daqui, sua drogada de merda!

Acabamos no sofá. Eu por cima, ela embaixo. Olivia esperneava e socava o ar, tentando se soltar, mas eu era mais forte que ela. Agarrei seus pulsos e gritei, a dez centímetros de seu rosto: — O que você quer de mim, caralho? Diga!

Ela ainda tentava se livrar, mas, de repente, como se não tivesse mais forças para lutar, deixou-se levar, rendendo-se, e eu despenquei sobre seu corpo.

Então, me levantei e me afastei. Tremia da cabeça aos pés, apavorado com o que eu poderia ter feito.

EU E VOCÊ 113

Eu poderia tê-la matado. Comecei a chutar as caixas para me acalmar. Um caco de vidro entrou em meu calcanhar. Arranquei-o gemendo de dor.

Olivia, enquanto isso, soluçava com a cara grudada no encosto do sofá e os braços apertando as pernas.

— Agora chega! — Corri aos tropeços até minha mochila, tirei o dinheiro de um envelope e gritei: — Pronto. Tome. Use isto. Pode levar. Basta que você vá embora. — E joguei as notas contra ela.

Olivia se levantou do sofá e as recolheu do chão. — Que filho da puta... Eu sabia que você tinha. — Pegou a calça, apertou as cédulas no punho e fechou os olhos. As lágrimas corriam ao lado das pálpebras. Os ombros se sacudiam. — Não. Não posso... — Deixou cair o dinheiro e cobriu o rosto com a mão. — Jurei que ia parar. E dessa vez... vou parar... senão, estou perdida.

Eu não entendia nada. As palavras se misturavam aos soluços.

— Sou uma merda... Eu... dei para ele... Dei para ele... Como pude? — Ela me olhou e segurou minha mão. — Trepei com um cara asqueroso em troca de uma dose. Aquele porco me fodeu no meio dos carros. Que nojo... Diga que eu dou nojo... Diga, diga... Por favor...

— Despencou no chão e começou a estertorar como se tivessem lhe dado um soco no estômago.

"Ela não consegue respirar", pensei cobrindo os ouvidos, mas aquele seu estertor me perfurava os tímpanos.

Alguém tem que ajudá-la. Alguém deve vir aqui. Senão, ela vai morrer.

— Por favor... Por favor... me ajudem — implorei às paredes do porão.

Em seguida, eu a vi.

Caída no chão, entre as cédulas, sozinha e desesperada.

Dentro de mim, algo se quebrou. O gigante que me apertava contra seu peito de pedra havia me soltado.

— Desculpe, eu não queria machucar você. Desculpe... — Segurei minha irmã pelos braços e a ergui do chão.

Ela já não tinha fôlego, como se algo lhe obturasse a garganta. Eu não sabia o que fazer, comecei a sacudi-la e a lhe dar tapinhas nas costas. — Não morra. Estou pedindo. Não morra. Vou ajudar você. Vou cuidar disso... — E, devagarinho, senti que um fio de ar lhe entrava na boca e descia até o peito. Pouquíssimo, no início, e, depois, a cada respiração, um pouco mais, e, por fim, ela disse, baixinho: — Não morro. É preciso muito mais para me matar.

Abracei-a, pousei a testa em seu pescoço, o nariz na clavícula e explodi em pranto.

Eu não conseguia parar. O choro vinha em rajadas, eu me acalmava por alguns instantes, mas depois ele brotava lá do fundo e recomeçava ainda mais forte.

Olivia tremia e batia os dentes. Envolvi-a em uma coberta, mas ela quase nem percebeu. Parecia dormir, mas não dormia. Apertava os lábios por causa da dor.

Eu me sentia inútil. Não sabia o que fazer. — Quer um pouco de Coca-Cola? Um sanduíche? — ofereci.

Não houve resposta.

Por fim, perguntei: — Quer que eu chame papai?

Ela abriu os olhos e murmurou: — Não. Por favor, não faça isso.

— Então, o que posso fazer?

— Quer me ajudar mesmo?

Acenei que sim.

— Então, me arrume uns soníferos. Preciso dormir. Não estou aguentando mais.

— Tenho apenas aspirina, paracetamol e prometazina, um antialérgico.

— Não, não servem.

Sentei-me na cama. Estava encabulado por ficar ali, olhando-a como um idiota, sem saber como ajudá-la.

Com vovó Laura, eu sentia o mesmo.

Havia dois anos que um tumor lhe comia o estômago, ela fizera um monte de operações, e, a cada vez, devíamos ir visitá-la, e ali estava vovó, naquele quartinho de hospital, com aquelas poltronas imitando couro, revistas *Gente* e *L'Espresso* que somente nós líamos, a fórmica sobre os móveis, as paredes verde-claras, o bar com *croissants* ressecados, as enfermeiras nervosinhas com seus horríveis tamancos brancos, os ladrilhos nojentos na sacadinha sem plantas, e minha avó naquele leito de metal, entupida de remédios, de boca aberta, sem dentadura, e meus pais ali, olhando-a em silêncio, trocando sorrisinhos de lábios apertados enquanto torciam para que ela morresse logo.

Eu não entendia por que devíamos ir vê-la. Vovó mal percebia que estávamos ali.

"A gente faz companhia a ela. Você também ia gostar", me dizia mamãe.

Não, não era verdade. É embaraçoso ser visto quando você está mal. E, quando a pessoa está morrendo, quer ser deixada sozinha. Essa coisa das visitas eu realmente não compreendia.

Olhei para minha irmã. Ela tremia toda.

Depois, de repente, me lembrei.

Que idiota. Eu sabia onde achar os remédios. — Vou cuidar disso. Fique aqui, eu volto logo.

8.

Sob uma chuva leve, peguei o bonde trinta.

Por sorte, quando saí do prédio, o Cercopiteco estava dando seu cochilo vespertino.

Sentei-me no fundo do vagão, com o capuz do moletom cobrindo a minha cabeça. Eu era um agente secreto em missão para salvar minha irmã, e nada me deteria.

Na última vez em que havíamos levado vovó para o hospital, ela havia me cochichado no ouvido, pouco antes de sair de casa: — Meu anjo, pegue no criado-mudo todos os remédios e esconda na minha bolsa. Na clínica, aqueles malditos doutores não me dão o suficiente para eu não sofrer. Mas não deixe ninguém ver.

Eu tinha conseguido metê-los na bolsa de minha avó sem que ninguém percebesse.

Desci a poucos passos da Villa Ornella.

Mas, quando me vi em frente à clínica, toda a coragem desapareceu. Eu havia prometido a vovó que iria vê-la sozinho, mas nunca fizera isso. Não conseguia conversar com ela como se ainda estivéssemos em sua casa. As vezes em que eu tinha ido com papai e mamãe haviam sido uma tortura.

"Vamos, Lorenzo, agora você vai conseguir", disse a mim mesmo, e conferi o estacionamento. Os carros de meu pai e de minha mãe não estavam. Com dois saltos, transpus os degraus da entrada da clínica e atravessei correndo o hall. A freira, atrás do balcão, levantou a cabeça da tela do computador, mas apenas teve tempo de ver uma sombra desaparecendo pela escada. Voei até o terceiro andar. Percorri o longo corredor de ladrilhos brancos e marrons. Eram 3.225. Eu os tinha contado no dia em que vovó havia sido operada. Eu tinha ficado no hospital a tarde inteira com papai, e ela não voltava nunca da sala de cirurgia.

Passei diante do cantinho das enfermeiras. Elas riam. Dobrei à direita, um morto-vivo veio a meu encontro, arrastando os chinelos. Usava um pijama azul-rei com debruns em azul-marinho. Pelos crespos e brancos brotavam do decote em V do paletó. Uma cicatriz pálida lhe atravessava uma das faces e acabava no canto da boca. Uma mulher deitada em uma maca olhava um quadro de um mar tempestuoso pendurado à parede. De uma

EU E VOCÊ

porta, saiu uma menininha que foi apanhada de volta pela mão da mãe.

Quarto 103.

Esperei que meu coração se acalmasse e baixei a maçaneta.

O saco de urina estava quase cheio. A dentadura, imersa em um copo no criado-mudo. A bolsa de soro, no tripé. Vovó Laura dormia no leito protegido por barras. Os lábios despencavam da boca escancarada. Parecia tão pequenina e emagrecida que imaginei poder tomá-la nos braços e levá-la comigo.

Aproximei-me e a observei, mordendo as bochechas por dentro.

Como era velha! Um monte de ossos cobertos por uma pele rugosa e escamada. Uma perna despontava do lençol. Escura, azul e seca como um bastão, o pé todo torto e o dedão dobrado para dentro, como se tivesse um miolo de arame. Vovó cheirava a talco e álcool. Os cabelos, que, quando estava bem, ela mantinha sempre presos na rede, caíam soltos sobre o travesseiro, compridos e brancos como os das bruxas.

Podia estar morta. Mas no rosto não havia a paz dos cadáveres, e sim uma expressão sofrida e rígida, como se sua carne fosse atravessada por uma corrente de dor.

Aproximei-me dos pés da cama e cobri a perna com o lençol. A bolsa de couro acamurçado estava dentro do armário. Abri-a, peguei todos os frasquinhos e caixinhas de remédios e os meti nos bolsos da jaqueta. Enquanto eu estava fechando o zíper, ouvi atrás de mim um sussurro:

— Lo...ren...zo... É você?

Virei-me de chofre. — Sim, vovó. Sou eu.

— Veio me ver, Lorenzo? — Uma pontada lhe contraiu o rosto. Ela mantinha os olhos semicerrados. Os bulbos velados estavam envoltos por dobras enrugadas.

— Sim.

— Que bom. Sente-se aqui perto...

Eu me sentei ao lado do leito, em um banquinho de metal.

— Vovó, eu preciso...

— Me dê a mão.

Apertei-a. Estava quente.

— Que horas são?

Olhei o relógio na parede. — Duas e dez.

— Da manhã... — Moveu-se e me apertou a mão. — Ou...?

— ... da tarde, vovó.

Eu devia ir embora. Era perigoso ficar ali. Se as enfermeiras me vissem, seguramente contariam a meus pais.

EU E VOCÊ   123

Vovó ficou em silêncio, respirando pelo nariz, como se tivesse adormecido; depois se virou, procurando uma posição melhor.

— Dói?

Ela tocou o estômago. — Aqui... Não para nunca. Lamento você me ver sofrer. Como é horrível morrer assim. — Soltava as palavras uma a uma, como se as procurasse em uma caixa vazia.

— Não, você não está morrendo — murmurei, com os olhos pousados sobre o saco amarelo da urina.

Ela sorriu. — Não, ainda não. Este meu corpo não quer ir embora. Não quer entender que acabou.

Eu queria dizer que precisava escapulir, mas não tinha coragem. Observei as roupas penduradas no homenzinho de madeira: a saia azul-marinho, a blusa branca, o cardigã vermelho-escuro.

"Não vai usá-las mais", pensei. Ou melhor, vão vesti-las nela quando a fecharem no caixão.

Olhei a luminária de vidro opaco, com haste de latão, que pendia do teto. Por que aquele quarto era tão feio? Quando uma pessoa morre, deveria ter um quarto belíssimo. Eu iria morrer em meu quarto.

— Vovó, preciso ir... — Queria abraçá-la. Talvez fosse a última vez em que eu poderia fazer isso. Perguntei: — Posso abraçar você?

Vovó abriu os olhos e acenou um sim.

Apertei-a de leve, encostando a face no travesseiro e sentindo o odor penetrante de medicamentos, do sabão da fronha e o cheiro áspero de sua pele. — Eu deveria... Devo ir estudar — disse, e me reergui.

Ela me segurou o pulso e suspirou. — Me conte alguma coisa..., Lorenzo. Para eu não pensar.

— O quê, vovó?

— Não sei. O que você quiser. Uma história bonita.

— Mas agora? — Olivia estava me esperando.

— Se não puder, tudo bem...

— De verdade ou inventada?

— Inventada. Me leve a outro lugar.

De fato, eu tinha uma história, que inventara certa manhã na escola. Mas minhas histórias eu mantinha somente para mim, porque, se as contasse, elas murchavam logo, como as flores-do-campo cortadas, e não me agradavam mais.

Mas daquela vez era diferente.

Então, me ajeitei melhor no banquinho. — Bom, esta história... Vovó, lembra o robozinho que você tem na piscina, em Orvieto? Aquele amarelo e roxo, que serve para limpar a piscina? Aquele robozinho tem dentro uma espécie de cérebro eletrônico que aprende como

EU E VOCÊ 125

é o fundo da piscina, então pode limpá-la direito, sem passar sempre pelos mesmos pontos. Lembra, vovó?

— Eu não sabia se ela estava dormindo ou acordada. Continuei: — Esta história fala de um robozinho limpador de piscinas. Chama-se K19, como os submarinos russos. Então..., um dia, na América, se reúnem todos os generais e o presidente dos Estados Unidos para resolver como matar Saddam Hussein. Já tentaram todos os jeitos possíveis de acabar com ele. O palacete de Saddam é uma fortaleza no deserto, tem mísseis terra-ar que partem assim que chegam os foguetes americanos e os fazem explodir no céu. O presidente da América está desesperado, se não matar Saddam logo, vai ser deposto. Se, em dez minutos, seus generais não encontrarem um jeito de acabar com o ditador, ele os manda todos para o Alasca. A certa altura, se levanta um general, um baixinho, especialista em computador, que nunca fala, porque não lhe dão muita bola, e diz que tem uma ideia. Todos balançam a cabeça, mas o presidente o manda falar. O baixinho começa a explicar que Saddam não compra nada, por medo de bombas escondidas. Uma vez, tinha encomendado um abacaxi e dentro havia uma bomba que matou seu cozinheiro. Portanto, tudo o que tem dentro do palacete ele manda construir nos subterrâneos. Televisões, gravadores de vídeo, geladeiras, computadores, tudo. Mas uma coisa ele não consegue construir, e é obrigado a comprá-la fora. Os robozinhos limpadores de piscina. A piscina de Saddam é tão grande que seu robozinho se perde, e o vento do deserto não para nunca e traz areia para a piscina. Os melhores, capazes de limpar uma piscina enorme como a dele, são fabricados apenas na América.

Fiquei em silêncio um pouco.

— Entendeu, vovó?

Ela não respondia. Aos poucos, experimentei soltar minha mão.

— Continue... — murmurou.

— Saddam ia tomar banho de piscina com suas doze mulheres e sempre encontrava o fundo todo sujo. Então, por fim, embora fosse perigoso, resolve encomendar um robô na América, pelo correio. Manda um ajudante comprar, para não haver suspeitas. Só que a CIA interceptou o telefonema. A fábrica deve lhe enviar um na semana seguinte. O general baixinho diz que teve uma ideia genial. Vai pegar o robozinho e modificá-lo. Vai colocar dentro um computador inteligentíssimo, que ele acabou de inventar, e programá-lo para matar Saddam. O robô incluirá uns minifoguetes atômicos, baterias que produzem dois mil volts de eletricidade, e também poderá

EU E VOCÊ   127

lançar flechas envenenadas. O presidente dos Estados
Unidos fica feliz. É uma ideia magnífica. Diz ao baixinho
que comece imediatamente a trabalhar. O baixinho vai à
fábrica dos robozinhos, pega um e trabalha nele a noite
inteira. Coloca dentro o computador e o programa para
matar Saddam e, para se garantir, também qualquer um
que tome banho de piscina. Quando termina, está morto
de cansado, mas o robozinho ficou perfeito, parece um
robozinho igual a todos os outros. Seu nome em código
é K19. Só que, na manhã seguinte, chega o cara que deve
enviá-lo e se engana. Acha que aquele é o robô conser-
tado para uma família que mora perto de Los Angeles.
Embrulha e manda o robô. Quando ele chega, a família o
pega e coloca na piscina. K19 começa a limpar o fundo,
também sabe fazer isso muito bem. Mas, quando o pai
e os filhos entram na água, são mortos na mesma hora
por uma descarga elétrica que os deixa completamente
estorricados.

— Mas quem eram eles? Os netos dos Finotti? —
Vovó havia levantado a cabeça do travesseiro.

— Quem são os Finotti? — perguntei.

— Marino Finotti, o engenheiro de Terni... Não mor-
reram na piscina?

— Náããão, esses são americanos, Terni não tem nada a ver.

— Tem certeza? — Ela estava ficando agitada.

— Sim, vovó, sossegue. — Recomecei a contar. — Bom..., o robozinho espera dois dias, os cadáveres ficam boiando, mas Saddam não chega. Então, como é inteligente, ele compreende que deve ter sido colocado na piscina errada. Com suas esteiras aderentes, sobe pelas bordas e sai em busca de uma nova piscina. Na área para onde o mandaram, na América, vovó, é tudo cheio de piscinas, cada casa tem uma, são muitíssimas, milhões, e ele começa a passar de uma para outra, matando todo mundo que toma banho, em busca de Saddam. Quando encontra outro robozinho K19, desintegra-o e depois limpa a piscina. Faz uma carnificina. Elimina meia Califórnia. O Exército chega. Mandam para cima dele todos os soldados, atiram com laser, mas não adianta nada. Por fim, chamam os aviões, que começam a jogar bombas sobre a Califórnia. K19 é atingido, uma das esteiras se quebra e ele começa a derrapar, mas não desiste. Sai da água e corre pela autoestrada, perseguido pelos tanques que atiram nele. K19 está todo despedaçado. O motor faz um barulho estranho, e ele não tem mais nenhuma arma. Chega ao fim da estrada e topa com a maior piscina que já viu, e a água está suja, e tem ondas. Enquanto isso, o exército avança. K19 olha a piscina, é tão grande que nem dá para ver o fim. O sol está se pondo dentro e há uns colchões enormes. Ninguém lhe explicou que aquilo é o mar, e que aqueles não são colchões infláveis, mas navios. K19 não sabe o que fazer. Pergunta-se como poderá limpar aquela piscina sem fim. Pela primeira vez, sente medo. Quando chega ao fim do cais, vira-se, o Exército está ali. O robô se prepara para combater, mas depois muda de ideia, dá um salto, se lança no mar e desaparece. — Eu sentia a boca seca. Peguei a garrafa de água no criado-mudo e me servi um copo.

Vovó não se mexia, havia adormecido.

Tinha achado a história uma porcaria.

Levantei-me, mas vovó sussurrou: — E depois?

— Depois, como?

— Como acaba?

Mas eu tinha terminado. Pronto. Para mim, aquele fim parecia bom.

E depois eu odiava os finais. Nos finais, no bem ou no mal, as coisas têm sempre que ficar arrumadinhas. Eu gostava de contar sobre confrontos entre alienígenas e terráqueos sem uma razão, sobre viagens espaciais em busca do nada. E gostava dos animais selvagens que vivem sem um porquê, sem saber que vão morrer. Quando via um filme, detestava que papai e mamãe ficassem sempre comentando o fim, como se a história estivesse toda ali e o resto não importasse nada.

Então, na vida de verdade, também nela, apenas o fim é importante? A vida de vovó Laura não importava nada, e somente sua morte naquela clínica horrorosa era importante?

Sim, talvez faltasse algo à história de K19, mas a ideia do suicídio no mar me agradava. Já ia dizendo que havia acabado quando, de repente, me ocorreu outro final.

— Bom, acaba assim. Dois anos depois, uns pesquisadores estão em uma praia de uma ilha tropical, no meio da noite, com lua cheia. Estão escondidos atrás de uma duna, com binóculos, e observam a margem. A certa altura, tartarugas marinhas saem da água, estão indo botar seus ovos. As tartarugas sobem pela areia, fazem um buraco com as patas e põem os ovos ali dentro. E também aparece K19. Está todo coberto de algas e cracas. Sobe a praia devagarinho, faz um buraco profundo com as esteiras e depois volta para o mar junto com as tartarugas. Na noite seguinte, brota da areia um monte de tartaruguinhas. E, de um dos buracos, saem muitos K19 bem pequenos, como tanques de brinquedo,

EU E VOCÊ   131

e se dirigem para o mar junto com as tartaruguinhas. — Respirei fundo. — Acabou. Gostou?

Vovó, de olhos fechados, fez sim com a cabeça e, naquele momento, a porta do quarto se abriu e entrou uma enfermeira igualzinha a John Lennon, com uma bandeja de remédios. Ela não esperava encontrar alguém ali e ficou desnorteada.

Então, nos encaramos por um segundo, depois murmurei uma saudação e escapuli.

9.

O Cercopiteco vagava à deriva pelo pátio.

Do outro lado da rua, eu o observava, escondido atrás de uma caçamba de lixo. De vez em quando, ele dava uma vassourada e se detinha, como se o tivessem desligado da tomada.

Que idiota eu era, não tinha levado o celular e, por isso, não podia tapeá-lo como da outra vez. Tinha ficado tempo demais com vovó, dali a duas horas a portaria seria fechada. E Olivia estava me esperando.

Uns quinze minutos depois, chegou o engenheiro Caccia, o do quarto andar. Em seguida, Nihal saiu pelo portão com os bassês e começou a conversar com o Cercopiteco ao lado da fonte. Os dois não se gostavam. Mas o Cercopiteco tinha um parente que trabalhava em uma agência de viagens e conseguia passagens aéreas a preços especiais para os cingaleses do bairro.

De tanto ficar em pé, escondido atrás da caçamba, minhas pernas começavam a doer. Eu me xingava por não ter levado o telefone.

E, para piorar, chegou também Giovanni, o carteiro. Grande amigo de Nihal. Os três começaram a discutir e não paravam mais. Os pobres bassês, que precisavam ir fazer xixi, os observavam, desalentados.

Não havia tempo, eu devia fazer algo. Se me flagrassem, paciência.

Deixei o esconderijo e atravessei a rua. Depois, correndo, cheguei diante do muro de meu prédio. Era alto, mas uma velha buganvília toda retorcida subia até o topo.

— É com o Roma, então... O que se vai fazer? — escutei o Cercopiteco dizer.

— Dessa vez, vai ser foda. Totti se recuperou. Bom, tchau... — disse Giovanni.

Ai, meu Deus, ele estava saindo. Pendurei-me na buganvília e um espinho me furou a mão. Apertei os dentes, mas me encarapitei no muro e, com um salto desajeitado, aterrissei no jardim da Barattieri.

Corri até o prédio, rezando para que ninguém me visse, e me grudei à parede.

EU E VOCÊ 135

A janela que dava para o semissubsolo do Cercopiteco estava apenas encostada.

Pelo menos uma coisa estava dando certo.

Abri a janela e, me agarrando à esquadria, afundei na penumbra. Estiquei as pernas, buscando um apoio, e um calor terrível me envolveu o pé esquerdo. Contendo um grito, despenquei em cima do fogão e, dali, de bunda, para o chão.

Eu tinha metido o sapato em uma panela de massa e lentilhas que, por sorte, havia sido apagada e estava esfriando.

Massageando uma nádega, me levantei.

As lentilhas estavam espalhadas por toda parte, como se uma bomba tivesse explodido.

E agora? Se eu não limpasse tudo, o Cercopiteco veria aquela bagunça e pensaria...

Sorri.

Óbvio, ele pensaria que os ciganos tinham entrado de novo em sua casa.

Observei ao redor. Eu devia roubar algo dele.

Meu olhar foi parar em uma estátua de Padre Pio que parecia um míssil. Era recoberta por um pozinho brilhante que mudava de cor conforme o tempo.

Peguei-a e já ia saindo, mas voltei e abri a geladeira.

Frutas, uma tigela de arroz cozido e um kit de seis cervejas.

Peguei as cervejas. Quando saí da guarita, o Cercopiteco ainda estava no pátio, conversando com Nihal.

Tropeçando e com um sapato na mão, desci a escada que levava ao porão. Virei a chave e abri a porta. — Olha só... Eu trouxe cerv...

A estátua de Padre Pio escorregou da minha mão e se desintegrou sobre o pavimento.

Olivia estava deitada na minha cama, com as pernas abertas. Um braço jogado sobre o travesseiro. Um fio de saliva lhe escorrendo pelo queixo.

Levei a mão à boca. — Morreu.

Todos os armários estavam escancarados, todas as gavetas puxadas, todas as roupas jogadas pelos cantos, caixas arrombadas. Sobre a cama, embalagens de remédio abertas.

Continuando a fitar minha irmã, me arrastei até o sofá.

Toquei minhas têmporas. Pulsavam. Nos ouvidos, um estrondo me atordoava, e meus olhos doíam.

Eu estava muito cansado, nunca na vida me sentira tão cansado, cada fibra de meu corpo estava cansada e me implorava para repousar, para fechar os olhos.

EU E VOCÊ 137

Sim, era melhor que eu dormisse um pouco, somente cinco minutos.

Tirei o outro sapato e me deitei no sofá. Fiquei ali não sei quanto tempo, fitando minha irmã e bocejando.

Ela era uma mancha escura alongada sobre o leito azul. Eu pensava em seu sangue parado nas veias. No sangue vermelho que se torna preto, duro como uma crosta, e depois se transforma em pó.

Os dedos da mão de Olivia se moviam aos arrancos, como os cães quando sonham.

Tentei focalizar, meus olhos pinicavam.

Mas eu estava me enganando. Era apenas minha imaginação.

Depois, Olivia mexeu um braço.

Levantei-me, corri até ela e comecei a sacudi-la. Não recordo o que lhe dizia, somente recordo que a ergui da cama, abracei-a e pensei que devia levá-la para fora e que eu era suficientemente forte para carregá-la, como se ela fosse um cão ferido, e para percorrer, com ela nos braços, a rua Aldrovandi, a rua delle Tre Madonne, a avenida Bruno Buozzi...

Olivia começou a falar baixinho.

— Você está viva! Está viva! — balbuciei.

Não compreendia o que ela dizia.

Coloquei a mão atrás de sua nuca e aproximei o ouvido ainda mais.

— O quê? O que você disse?

Ela gorgolejou: — ... uns soníferos...

— Quantos você tomou?

— Dois comprimidos.

— Está se sentindo bem?

— Sim. — Minha irmã não conseguia firmar a cabeça. — Muito melhor... A condessa tinha um monte de remédios. Coisa de primeira... Vou dormir mais um pouco.

Minha vista se velou de lágrimas. — Tudo bem. — Sorri para ela. — Durma. Tenha bons sonhos.

Ajeitei-a na cama e estendi sobre ela uma coberta.

10.

Durante dois dias, minha irmã continuou a dormir, acordando apenas para fazer xixi e beber. Eu arrumei o porão, matei o monstro e acabei Soul Reaver. Recomecei a ler *A hora do vampiro*. Lia sobre metamorfoses vampirescas, casas enfeitiçadas, garotos corajosos capazes de enfrentar os vampiros, e meu olhar ia parar sobre minha irmã, que dormia embrulhada na coberta. Eu sentia que, em minha toca, ela estava protegida, escondida, que ninguém podia lhe fazer mal.

Minha mãe me ligou. — E então, como vai?

— Tudo bem.

— Você não telefona nunca. Se eu não ligar... Está se divertindo?

— Muito.

— Está triste porque vai voltar amanhã?

— Sim. Um pouco...

— A que horas vocês vão sair?

— Cedo. Vamos acordar e partir.

— E hoje, estão fazendo o quê?

— Esquiando. Sabe quem eu encontrei na Tofana?

— Não.

Olhei minha irmã. — Olivia.

Um instante de silêncio. — Olivia? Que Olivia? Sua meia-irmã?

— Sim.

— Ora veja... Alguns dias atrás ela passou por aqui, queria pegar umas coisas. Agora entendi, talvez precisasse de roupas para a montanha. Como vai ela?

— Bem.

— É mesmo? Não imaginei... Seu pai disse que ela vai mal... Coitadinha, é uma moça com um monte de problemas, torço muito para que encontre um rumo...

— Mas e você, mãe, gosta dela?

— Eu?

— Sim.

— Sim, gosto, mas não é fácil lidar com ela. Mas e você, está se comportando bem? É atencioso com a mãe de Alessia? Ajuda em casa? Faz sua cama?

— Sim.

EU E VOCÊ   141

— A mãe de Alessia me pareceu muito simpática. Cumprimente-a por mim e agradeça de novo.

— Sim... Escute, agora preciso desligar...

— Eu amo muito você, fofinho.

— Eu também... Ah, a mãe de Alessia disse que, quando chegarmos, me deixa em casa.

— Ótimo. Quando estiver chegando a Roma, me avise.

— Tudo bem. Tchau.

— Tchau, meu amor.

Olivia, com os cabelos molhados e penteados para trás, um vestido florido da condessa, estava sentada no sofá e esfregava as mãos. — E então, como vamos festejar a nossa última noite?

Depois de todo aquele sono, parecia muito melhor. O rosto se descontraíra, e ela dizia que as pernas e os braços doíam menos.

— Um jantarzinho? — propus.

— Um jantarzinho. E o que você me oferece de bom?

— Bem... — Olhei o que restava no estoque. — Já comemos quase tudo. Que tal atum e minialcachofras em conserva? E, de sobremesa, uns wafers?

— Perfeito.

Levantei-me e abri o armário. — Tenho uma surpresa... — Mostrei a ela as cervejas.

Olivia arregalou os olhos. — Você é o máximo! Mas onde conseguiu?

Sorri. — Na casa do Cercopiteco. Roubei quando voltei do hospital. Estão quentes...

— Não importa. Adoro você — disse ela. Pegou o canivete suíço, abriu duas e me passou uma.

— Não gosto de cerveja...

— Não importa. Temos que comemorar. — Grudou-se à garrafa e, praticamente apenas com um gole, tomou metade. — Nossa Senhora, como cerveja é bom!

Eu também bebi e fingi que aquilo não me dava repulsa.

Arrumamos a mesinha com uma toalha encontrada entre as coisas da condessa. Acendemos uma vela e traçamos todas as minialcachofras e duas latas de atum. De sobremesa, os biscoitos.

Depois, de barriga cheia, nos jogamos no sofá, no escuro do porão, com os pés em cima da mesinha. A chama da vela os iluminava. Eram iguais. Branquelos, compridos e com os dedos secos.

EU E VOCÊ   143

Olivia acendeu um Muratti. Soltou uma nuvem de
fumaça. — Lembra quando íamos a Capri no verão?

A cerveja tinha me soltado a língua. — Não muito.
Lembro apenas que havia um monte de escadas para
descer e subir. E um poço de onde saíam umas lagartixas.
E também havia limões grandes.

— E não lembra quando jogaram você na água?

Eu me voltei para olhá-la. — Não.

— Estávamos na lancha de papai, em frente aos
Faraglioni.

— A lancha, eu vi nas fotos. Era de madeira brilhante.
Chamava-se Sweet Melody II. Também tem uma foto de
papai fazendo esqui aquático.

— Era pilotada por um marinheiro todo bronzeado,
de cabelos crespos e corrente de ouro. Você era apavorado
com a água. Mal via a praia, gritava se não lhe colocassem
as boias de braço. Nem entrava na balsa se estivesse sem
elas. Em suma, naquele dia, estávamos em mar aberto,
todo mundo nadando, e você ficou agarrado na escadinha, como um caranguejo, olhando para nós. Se alguém
lhe propusesse mergulhar, você ficava maluco. Depois,
pegamos uns ouriços e comemos com pão. Papai e o
marinheiro tinham bebido muito vinho, e o marinheiro
contou que, para tirar o medo que os filhos têm da água,

eles os jogam no mar sem boias nem colete salva-vidas. As crianças se afogam um pouco, mas depois começam a nadar. Você estava no poço da embarcação, brincando com seus joguinhos, eles vieram por trás, arrancaram as boias, você tentou se soltar, berrava como se estivessem esfolando você, eu pedia que deixassem você em paz, mas eles não me ouviam. Não houve jeito, jogaram você na água.

Eu a escutava, incrédulo. — E minha mãe não fez nada?

— Não estava naquele dia.

— E depois, o que aconteceu?

Ela sorriu. — Você afundou. Papai se jogou para pegá-lo. Mas, um instante depois, você reapareceu, gritando como se tivesse sido mordido por um tubarão. Começou a bater os braços e... nadou.

— Mesmo?

— Sim, nado cachorrinho, com os olhos fora das órbitas, e se agarrou à escadinha e saiu da água como se estivesse imerso em lava.

— E depois?

— Depois você correu para a cabine e se encolheu no beliche, tremendo e respirando de boca aberta. Papai tentava acalmá-lo, dizia que você era ótimo, um grande

EU E VOCÊ   145

nadador, não precisaria mais das boias de braço. Mas você continuava chorando. Aos gritos, mandava que ele saísse dali.

— E depois?

— Você adormeceu de repente. Desabou como se tivesse sido anestesiado. Nunca vi uma coisa daquelas.

— E você..., o que você fez?

— Fiquei a seu lado. Depois, a lancha partiu. E eu e você ficamos na cabine, com o cheiro da latrina e tudo vibrando e batendo.

— Eu e você?

— Sim. — Deu uma tragada no cigarro. — Eu e você.

— Que estranho, não me lembro de nada. Papai nunca me falou disso.

— É claro, ele tinha feito uma besteira... E sua mãe comeria ele vivo se soubesse. Mas, e agora? Você nada?

Dei de ombros. — Sim.

— Não tem medo da água?

— Não. Durante algum tempo, até fiz natação. Mas parei, com água nos ouvidos não consigo pensar. Odeio piscina.

Olivia apagou o cigarro na lata de atum. — Qual é a coisa que você mais odeia no mundo?

Havia muitas. — Talvez as festas surpresa. Dois anos atrás, minha mãe fez uma para mim. Toda aquela gente me dando parabéns. Um pesadelo. Também detesto o Ano-Novo. E você?

— Eu... deixa eu pensar... Eu odeio os casamentos.

— É verdade, também são um nojo.

— Espere! — Olivia se levantou. — Veja só o que eu achei. — Pegou uma maleta vermelha, quadrada. Abriu-a. Dentro, havia um toca-discos. — Será que ainda funciona?

Nós o ligamos na tomada, e o prato girava. Ela começou a procurar dentro de uma caixa cheia de discos. — Não acredito... Veja que maravilha. — Tirou um quarenta e cinco rotações e me mostrou. — Adoro essa canção. — Colocou-o no toca-discos e, com Marcella Bella, começou a cantar com voz incerta: — *Mi ricordo montagne verdi e le corse di una bambina com l'amico mio piú sincero, un coniglio dal muso nero...**

---

* "Recordo montanhas verdes e as corridas de uma menina com meu amigo mais sincero, um coelho de focinho negro..." Adiante: "Depois, um dia, o trem me levou, a grama, o prado e aquilo que era meu desapareciam..." E mais: "Meu destino é estar junto de você, com você por perto não terei mais medo, e voltarei a ser um pouco menina." (N. T.)

EU E VOCÊ

Diminuí um pouco o volume. — Baixinho... Baixinho... Podem nos ouvir. A Barattieri, o Cercopiteco...

Mas Olivia não escutava. Dançava diante de mim, ondulando o corpo, e cantava em voz baixa: — *Poi un giorno mi prese il treno, l'erba, il prato e quello che era mio scomparivano...*

Segurou minhas mãos e, fitando-me com aqueles olhos líquidos, puxou-me para perto. — *Il mio destino è di stare accanto a te, con te vicino piú paura non avrò, e un po' bambina tornerò.*

Bufei e, com muita vergonha, comecei a dançar. Pronto, eis a coisa que eu mais odiava. Dançar.

Naquela noite, porém, dancei, e, enquanto dançava, uma sensação nova, de estar vivo, me tirava o fôlego. Dali a poucas horas, eu sairia daquele porão. E tudo voltaria a ser igual. No entanto, eu sabia que, além daquela porta, havia o mundo que me esperava, e eu poderia falar com os outros como se fosse um deles. Poderia partir. Poderia ir ao colégio. Poderia mudar os móveis de meu quarto.

O porão estava escuro. Eu ouvia a respiração regular de minha irmã deitada no sofá.

Olivia tinha consumido cinco garrafas de cerveja e um maço de Muratti.

Eu não conseguia adormecer. Gostaria de conversar mais, relembrava o furto ao Cercopiteco, o momento em que tinha visto os outros partindo para a semana branca, o jantar com as cervejas, e eu e minha irmã tagarelando como os adultos, dançando "Montagne verdi".

— Olivia? — sussurrei.

Ela levou um tempinho para responder. — Sim?

— Está dormindo?

— Não.

— O que você vai fazer quando sairmos daqui?

— Não sei. Talvez viaje.

— Para onde?

— Tenho uma espécie de namorado que mora em Bali.

— Bali? Na Indonésia?

— Sim, ele ensina ioga e faz massagens em um lugar à beira-mar, cheio de palmeiras. Lá tem um monte de peixes coloridos. Quero descobrir se ainda estamos juntos. Quero tentar ser realmente a mulher dele. Se ele quiser...

— A mulher dele — murmurei, com a boca no travesseiro.

EU E VOCÊ   149

Sujeito sortudo, aquele. Podia dizer: "Olivia é minha
mulher". Eu também gostaria de ir a Bali. Pegar o avião
junto com Olivia. E rir na fila do check-in, sem que pre-
cisássemos nos dizer nada. Eu e ela, voando rumo aos
peixes coloridos. E Olivia diria ao namorado: "Este é
Lorenzo, meu irmão."

— Como se chama seu namorado? — perguntei,
falando com dificuldade.

— Roman.

— É simpático?

— Tenho certeza de que você gostaria dele.

Era bonito que Olivia me conhecesse o suficiente para
saber que eu gostaria do namorado dela. — Escute, quero
lhe contar uma coisa... Eu disse em casa que ia esquiar em
Cortina, porque armei uma confusão. Estava na escola e
ouvi uns colegas de turma combinando ir esquiar. Não
tinham me convidado. E não estou nem aí para ir fazer
excursões com os outros. Só que voltei para casa e disse a
mamãe que havia sido convidado. E ela acreditou e ficou
contente e começou a chorar, e eu não tive mais coragem
de falar a verdade, por isso me escondi aqui. Sabe de uma
coisa? Desde aquele dia, não parei de tentar entender por
que contei aquela mentira.

— E entendeu?

— Sim. Porque eu queria ir. Porque queria esquiar com eles, eu sou muito bom de esqui. Porque queria mostrar a eles as pistas secretas. E porque não tenho amigos... E queria ser um deles.

Ouvi que ela se levantava.

— Abra espaço para mim. — Eu me desloquei, e ela se deitou a meu lado e me abraçou com força. Senti seu joelho ossudo. Pousei a mão em seu flanco, podia contar as costelas, depois lhe acariciei as costas. Sob os dedos, as vértebras pontudas. — Olivia, você me faz uma promessa?

— Que promessa?

— Que não se droga mais. Nunca mais.

— Juro por Deus. Nunca mais. Não caio mais nessa merda — ela me sussurrou ao ouvido. — E você, bobão, me promete que vamos nos rever?

— Prometo.

Quando acordei, minha irmã havia ido embora.

Tinha me deixado um bilhete.

Cividale del Friuli
12 de janeiro de 2010

Bebo um gole de café e releio o bilhete.

Querido Lorenzo,
lembrei que outra coisa que detesto são as despedidas, portanto prefiro me mandar antes que você acorde.

Obrigada por me ajudar. Estou feliz por ter descoberto um irmão escondido em um porão.

Lembre-se de manter a promessa.

Sua,

Oli

P.S.: Olho vivo no Cercopiteco.

Hoje, dez anos depois, revejo-a pela primeira vez desde aquela noite.

Dobro o bilhete e o guardo de volta na carteira. Arrasto a maleta e saio do hotel.

Sopra um vento frio, mas um sol pálido abriu espaço entre as nuvens e me aquece a fronte. Levanto a gola do paletó e atravesso a rua. As rodinhas fazem barulho sobre o calçamento.

A rua é esta. Entro por um portão de pedra que dá para um pátio quadrado, cheio de carros.

Um porteiro me indica aonde ir. Abro a porta envidraçada.

— Pois não?

— Eu sou Lorenzo Cuni.

Ele me acena para segui-lo ao longo de um corredor. Detém-se diante de uma porta. — Pronto.

— E a maleta?

— Pode deixar aqui.

O aposento é grande, coberto de azulejos brancos. Faz frio.

Minha irmã está estendida em uma maca. Um lençol a cobre até o pescoço. Eu me aproximo. Tenho dificuldade de colocar um pé diante do outro.

— É ela? O senhor a reconhece?

— Sim... É ela. — Chego um pouco mais perto. — Como vocês me encontraram?

— Na carteira de sua irmã havia um papelzinho com seu número de telefone.

— Posso ficar um pouquinho com ela?

— Cinco minutos. — O sujeito sai e fecha a porta.

Levanto o lençol e seguro a mão amarelada de Olivia. Está magra como no porão. O rosto está tranquilo, e ela continua linda. Parece dormir.

Eu me inclino sobre ela e encosto meu nariz em seu pescoço.

Olivia Cuni nasceu em Milão em 25 de setembro de 1976 e morreu no bar da estação de Cividale del Friuli em 9 de janeiro de 2010, por overdose. Tinha trinta e três anos.

Este livro foi impresso no
Sistema Digital Instant Duplex da Divisão Gráfica da
DISTRIBUIDORA RECORD DE SERVIÇOS DE IMPRENSA S.A.
Rua Argentina, 171 - Rio de Janeiro/RJ - Tel.: (21) 2585-2000